‘수병 빌리버드, 평전’

'수병 빌리버드, 평전'

황문수 평역

[CSi 한국학술정보㈜

머리말

허만 멜빌(美: 1819~1891)은 한때 식인종과 함께 생활한 희귀한 경험을 지니고 있다. 그는 이로 인해 식인종의 작가로 알려지기도 했다. 멜빌은 상상력이 뛰어난 작가로 작품은 다양한 상징과 함께 의미가 깊고 풍부하다. 작품은 『우므』, 『타이피』, 『칸휘던스 맨』, 『피에르』 등으로 대표작은 『백경』이다. 이는 서구사회의 어두운 시대상을 반영하려는 작가의 고뇌와 통찰력이 깊이 밴 진리탐구서이다. 하지만 작품은 아직도 선장과 흰 고래가 바다에서 싸우는 신비한 이야기로만 이해되고 있다. 이는 작가의 의도와 멀다는 점에서 아쉬움이 남는다.

그가 오랜 침묵을 깨뜨리고 말년 죽음에 임박하여 쓴 작품이 『빌리버드』이다. 이는 유작으로서의 의미도 있지만 전작에서 사회에 부정적 시각을 보여 온 그가 여기서는 어떠한 관점을 보일까 하는 점에서 주목받고 있다. 『빌리버드』는 단편이다. 그러나 이는 작가의 문학적 관점과 역량을 가름해 볼 수 있는 시금석으로 심도와 무게 면에서 대표작에 못지않다는 평을 받고 있다.

『빌리버드』는 증기선이 나타나기 전 돛배로 항해하던 시절, 전시 상황에서 함대에 징집된 잘생기고 순진한 젊은 수병과 이를 질투하여 음해하는 선임하사 사이에 벌어지는 갈등의 이야기이다. 두 사람의 갈등은 긴장 속에서 지속되다 결국 죽음으로 끝을 맺는다. 작품은 두 인물을 통해 인간사회에서 교묘한 악과 죄 그리고 양심이 무엇인가 하는 점을 드러내며 과거 역사가 취해 온 태도를 비판하고 있다.

『빌리버드』는 주인공을 숭고한 세계를 상징하는 인물로, 질투와 간교함의 표상인 선임하사는 사단의 죽음에 비유하며 이야기를 사필귀정적으로 극화하고 있다. 『빌리버드』는 악과 양심, 자연법과 실정법 등 내면세계를 깊이 다룬 작품으로 비애감, 숭고미, 장엄미 등의 카타르시스적 요소가 짙게 흐르고 있다. 인간의 보편적 심리와 삶, 그리고 사회의 진실을 밝히고자 하는 작품은 시대를 넘어 자신의 목적을 달성하기 위해 수단과 방법을 가리지 않고 상대를 비방하고 모함하는 오늘의 사회에 시간과 공간을 넘어 감동과 교훈을 주고 있다.

목 차

빌 리 버 드

1

증기선이 나타나기 전 당시에 지금보다 자주 어떤 사람이 커다란 부두를 따라 걷는다면 그는 휴가를 얻어 뭍에 나온 휴일 복장을 한 상선대원들이나 구릿빛으로 그을린 수부들이나 또는 전함의 사병들에게 종종 관심이 끌렸을 것이다. 그들은 어느 때는 빛이 약한 별무리 중 알데바란[1]처럼 함께 걸어가는 자신들보다 눈에 띄는 준수한 인물을 옆에 끼거나 호위병처럼 둘러싸기도 한다. 그처럼 주목받는 인물은 전함이나 상선이나 살벌하지 않은 시대에 잘생긴 수병이다. 헛된 영욕에 대한 뚜렷한 기미도 없고 오히려 타고난 왕족의 소박한 기품을 지닌 그는 동료 선원들로부터 마음에서 우러나는 존경을 받는 듯했다.

꽤 주목할 만한 예가 생각난다. 지금부터 50년 전 리버풀에서 나는 프린스 선착장(오래전에 제거된 장애물)의 어두운 거리의 벽 그림자 아래서 아주 까만 한 평범한 수병을 보았다. 그는 분

---

1) Aldebaran, 황소자리 중에서 오렌지색으로 빛나는 1등성

명 햄—평균 신장보다 훨씬 큰 균형 잡힌 인물—의 순수 혈통인 토박이 아프리카인임에 틀림없었다. 목 주위에 느슨하게 걸친 화려한 비단 손수건의 양끝은 열려진 검은 가슴 위에서 너풀거렸고 두 귀에는 은빛의 커다란 귀고리가 달려있었다. 스코틀랜드 고지대의 바둑판무늬의 띠를 두른 창이 없는 모자는 그의 잘생긴 머리를 돋보이게 했다. 때는 7월 무더운 오후로 땀으로 빛나는 그의 얼굴은 야만적인 듯한 쾌활함을 발산하고 있었다. 그는 좌우의 농담 속에서 흰 이를 밝게 드러내며 동료들 가운데서 떠들어댔다. 이들은 마치 아나찰시스 크르츠[2]가 인종의 대표자로서 최초 프랑스 의회의 단상 앞을 행진하기에 어울리게 한 듯한 그 같은 얼굴과 인종으로 조화를 이루고 있었다. 걷고 있는 사람들이 이 우상화된 검은 친구에게 보여주는 마음에서 우러나오는 찬탄—멈추어 보거나 간간이 나오는 찬탄—때마다 여러 부류의 사람들로 이루어진 이들은 신도들이 엎드려 있을 때, 독실한 아시리아 승려들이 조각된 웅장한 황소 상에 보여주는 그 같은 자존심을 검은 동료에게 지니고 있음을 보여주었다.

본론으로 돌아가서, 그가 뭍에 나올 때, 어떤 점에서 바다의 멋쟁이다운 면을 지닌 당시의 잘생긴 수병은 이제 거의 없어졌으나 종종 볼 수 있는 맵시꾼인 빌리 비 댐인지 확인할 수 없다. 그리고 그가 폭풍이 몰아치는 에리 운하상에서 키를 잡고 있을 때, 또는 예선도[3]의 선술집에서 허세를 부릴 때, 그는 모습에 있어서

---

2) Anacharsis Cloots, 프러시아 혈통의 크르츠 남작.
3) 배를 끄는 길.

본래의 인물보다 훨씬 흥미롭다. 위험한 직업에서 분명 능력과 기술을 보여주는 그는 다소 힘센 권투선수나 레슬링선수 같은 점이 있었다. 그것이 대단한 장점이었다. 그의 용감성에 관한 이야기는 자주 입에 오르내린다. 뭍에서 그는 남보다 우수한 인물이었고 배에서는 대표자였다. 모든 적절한 시기에 늘 앞장섰다. 그는 강풍 속에서 중간 돛을 거두어 말아 올리며 그곳에서 바람을 안은 채, 활대 끝에 걸터앉아 젊은 알렉산더 대왕이 성난 뷰새퍼러스[4]를 제어하는 모습으로, 양손은 밧줄을 고삐인 듯이 잡아당기고, 발은 플랑드르의 말을 탄 것처럼 등삭[5]에 걸치고 있다. 천둥치는 하늘을 배경으로 토러스[6]의 뿔에 받힌 것처럼 높이 솟은 훌륭한 인물은 갑판을 따라 끝없이 늘어선 대열을 향해 유쾌하게 소리를 지른다.

그의 도덕성도 이 같은 육체적인 골격과 조화를 이루지 못하는 것도 아니다. 남자다운 면에서 매력적인 힘과 남성다움도, 진정 도덕성으로 조화를 이루지 않았다면 잘생긴 수병은 몇 가지 본보기에서 그보다 재능이 못한 동료들로부터 진정한 존경을 받지는 못했을 것이다.

이야기가 진행되면서 중요한 변화와 함께 드러나겠지만 눈이 푸른 빌리버드는 적어도 외형상 그러한 신체에 성품 역시 그러한 점이 있었다. 이후 상황에서 더욱 친숙하게 되듯, 마침내 베이비버드로 불리게 된 그는 스물한 살의 나이에 18세기 말 영국 함대

---

4) Bucephalus, 알렉산더 대왕의 애마
5) 등삭(등索), U 자형, 또는 ㄷ자형의 밧줄.
6) Taurus, 황소자리

의 앞 돛대 망루를 지키는 사람이다. 그가 고국으로 향하는 영국 상선에서 74호 포문의 제국함, 베리포텐트호로 내로(Narrow) 해협에서 강제로 징집되어 봉사하게 된 것은 위의 이야기 얼마 전이었다. 경황이 없었던 그 시기에 흔했던 그 같은 배는 승무원을 제대로 채우지 못한 채 항해할 수밖에 없었다. 갑판 장교인 래크리프 부관은 통로에서 빌리를 보자 상선 승무원들이 세밀한 검사를 받기 위하여 선미 갑판에 소집되기 전에 그에게 달려갔다. 부관은 단지 그 사람만을 선발했다. 부관은 사람들이 도열했을 때 빌리를 본 후, 다른 사람들이 눈에 안 찼든지, 상선이 다소 일손이 부족하다는 점에서 망설였든지, 어쨌든 처음의 즉흥적인 선택에 만족했다. 장교는 대단히 만족했지만 상선동료들이 아주 놀랍게도 빌리는 불만을 터뜨리지 않았다. 그러나 진정 어떠한 반대의 의견을 제기하는 일은 마치 새장에 갇힌 누런 방울새가 항의하는 것처럼 소용이 없었을 것이다.

유쾌하다고 할 만큼 불평이 없이 따르는 이러한 모습을 주시한 선장은 그 선원에게 말없이 비난하는 듯한 의아한 눈빛을 보냈다. 선장은 모든 직업에서 존경받는 매우 겸손한 사람들—즉 모든 사람이 '존경받을 만한 사람'이라고 부르는 그러한 부류의 인물들—중의 하나이다. 외형상 이상해 보여도 말하기에 이상할 것이 없다. 다루기 힘든 자연물과 평생을 싸우며 거친 바다를 헤쳐 나가는 사람이었다고 할지라도, 진정 정직한 이 사람은 소박한 평화와 조용함을 무엇보다 좋아했다. 나머지 사항에 대해 그는 50세 정도로 약간 살이 찐 편이며 콧수염이 없는 호감을 주는 좋은 안색을 지녔다. 표정에 있어서 인간적인 이해심이 있는 다소 통통한 얼굴을 지니고 있다. 순풍으로 모든 것이 잘되어 가는 좋은 날, 그의 음악적인 목소리는 깊은 내면을 지닌 사람에게서 스스럼없이 나오는 소리인 듯했다. 그는 대단히 신중하고 양심적이다. 항해하는 동안 그래블링 선장은 배가 육지에 가까워져 오면 잠을 자지 않는다. 그는 어떤 선장도 그처럼 깊이 간직하지 않은 진지한 책임감을 마음에 새기고 있었다.

빌리버드가 선수루 아래서 물품을 정리하고 있을 때였다. 이때 그래블링 선장이 기분이 언짢아 일상적으로 대하지 못한 것, 즉 단순히 생각에 몰두하여 기분 좋게 대하지 않는 것에 전혀 당황하지 않은 건장하고 무뚝뚝한 베리포텐드호의 부관은 선실로 가서 경험이 있는 안목으로 바로 찾아낸 주류 보관소에서 술병을 꺼냈다. 실상 그는 노련한 선원 중의 한 사람으로 당시 오랫동안 계속된 전쟁 때문에 나타나는 해병 생활의 어려움과 위험도 그의 타고난 감각적인 즐거움을 막지 못했다. 부관은 임무를 성실히 수행하지만 일은 이따금 무미건조했다. 그는 가능하면 언제든지 거친 바다를 비옥하게 하는 달임약(술)으로 무미건조함을 달래고 있었다. 선실의 경영자(그래블링 선장)는 최대한 우아하고 민첩하게 주인 역할을 할 수밖에 없었다. 술병에 필요한 부품처럼 그는 억누를 수 없는 부관 앞에 큰 컵과 물병을 조용히 놓았다. 그러나 선장은 자리를 함께하는 대신 물러서면서, 독주를 약간 묽게 해서 세 번 마시고 빈 병을 멀리 밀어붙인 채, 의자에 앉아 만족스럽게 입맛을 다시며 자신을 똑바로 바라보는 당당한 장교를 쓸쓸히 바

라보았다. 이 일이 끝나자 선장이 침묵을 깨뜨렸다. 그의 목소리
는 슬픔이 담긴 듯한 비난이 숨겨 있었다. "자네는 나에게서 가장
좋은 남자, 보석 같은 사람을 빼앗아 갈 작정인가?"

"예, 압니다." 더 채울 수 있는 잔을 재빨리 당기며 "예, 알아
요, 미안합니다."라고 부관이 대답했다.

"미안하지만, 부관 자네는 모르네. 자, 이봐. 내가 그 젊은이를
배에 태우기 전, 배 안은 쥐구멍에서 싸우는 것 같았어. 자네에게
말이지, 여기 라이츠호에 승선하는 일이 고통스러운 때였어. 담배
도 위안을 주지 못할 만큼 나는 걱정을 했지. 그러나 빌리가 왔
어. 그런데 그는 아일랜드 소동에서 평화를 이루는 천주교 신부
같았어. 그가 사람들에게 설교를 했다거나, 말을 했다거나, 또는
특별히 어떤 것을 행해서가 아니라 비뚤어진 자들을 온화하게 하
는 덕이 있어서이지. 불같은 빨간 콧수염을 기른 털이 무성한 싸
움꾼을 제외하고 사람들은 말벌이 당밀에 이끌리듯 그에게 끌렸
어. 모두가 그랬어. 정말로 신입자를 부러워했기 때문에 다른 사
람들에게 냉소적으로 말했듯 '달콤하고 유쾌한 동료'라고 생각한
그는 싸움닭과 같은 마음을 지닐 수 없었기 때문에 빌리와 보기
가 흉한 싸움을 하기 위해 스스로 억지를 부려야 했지. 빌리는
잘 참아 내었고 유쾌한 태도로 그를 설복시켰지 ─부관, 그는 나
자신처럼 싸움과 같은 것은 저주스러운 일이지만 ─어쩔 수 없었
어. 그래서 어느 날 두 번째 당번에서 붉은 수염을 한 녀석은 쇠
고기의 스테이크를 자르는 곳 ─그는 칼잡이였기 때문에 ─을 빌
리에게 보여준다는 구실로 사람이 없는 곳에서 모욕적으로 빌리

의 갈비 밑을 쿡 찔렀지. 빌리는 번개처럼 재빨리 팔을 날렸지. 그는 그렇게 세게 칠 의도는 전혀 없었으나 어쨌든 퉁명스런 바보를 세차게 쳤어. 약 30초 정도의 시간이 걸렸다고 생각해. 고맙기도 하지, 얼간이는 민첩성에 놀랐지. 부관, 자네는 빨간 콧수염이 이제 정말 빌리를 사랑한다는 것, 다시 말해, 그가 빌리를 사랑하는 것을 믿겠는가, 그가 내가 일찍이 들어 본 최고의 위선자라는 것을 믿겠는가. 그러나 사람들은 모두 빌리를 사랑했지. 그들 몇 명은 빨래를 해 주고 그를 위해 낡은 바지를 꿰매어 주었어. 목수는 틈틈이 그를 위해 옷장의 예쁜 갑을 만들어 주었지. 누구든지 빌리버드를 위해서 어떤 것이든 하려고 했어. 그것이 바로 행복한 가정이지. 그러나 부관, 이제 그 젊은이가 간다면, 나는 라이츠호에 승선하는 것이 어떠할지 알고 있어. 또 다시 곧 식사를 하고 올라와 닻을 감아올리는 기계에 기대어 조용히 파이프 담배를 피우려 할 거야. 다시 멀지 않았다고 생각해. 아, 부관 자네는 보석을 가지고 가려는 참이군. 나의 평화 유지자를 데려가려고 하는 군!" 그와 함께 마음씨 좋은 선장은 솟아오르는 흐느낌을 억제하려고 아주 애를 썼다.

이 모든 것에 대해 아주 흥미롭게 귀를 기울이며 술로 기분 좋게 된 부관은 "좋습니다. 평화유지자들 특히 전쟁의 평화유지자들은 복이 있습니다. 74 포문함대 미인들이 그렇습니다. 선장님께서는 내가 있는 쪽을 향해 정박해 있는 저편 전함의 총구로 코를 내민 몇 명을 보고 계십니다."라며 부관은 선창을 통해서 손으로 베리포텐트호를 가리키며 말했다. "그러나 용기를 내세요. 그렇게 낙심해 보이지 마세요. 왕이 찬양하실 것을 미리 약속합니다. 선원들이 건빵을 욕심스럽게 먹으려 하지 않는 때나, 몇 선주들이 임무 때문에 한두 명의 수부들을 데려가는 것을 은근히 분개할 때, 왕은 최소한 한 선장이 무리 중에 꽃과 같은 존재로 복종하며 한결같은 충성심을 보이는 선원을 왕에게 유쾌하게 바칠 것이라는 점을 아시고 기뻐하실 것이라고 사람들도 장담했습니다. — 그러나 아니, 우리 귀염둥이 어디 갔지?"라고 말했다. 그리고 그는 열린 선실 문을 바라보며 "어림없지, 소지품 상자를 가지고 이리로 오는군 — 가방을 든 미남자 — 내 부하"라고 말했다. 부관은 그가 있는 쪽으로 걸어가면서 "자네는 그 큰 상자를 전함에 실을 수 없어. 거기에 있는 상자들은 거의가 탄약상자야. 가방에는 자네의 개인용품이나 넣어. 기마병에게는 안장과 장화, 전함의 수병에게는 가방과 그물 침대가 필요해."라고 말했다.

물건을 소지품 상자에서 가방으로 옮겨 놓았다. 부하가 소형범선으로 들어가는 것을 보고 따라 내려간 부관은 라이트 어브 맨 호에서 내렸다. 그것은 선장과 승무원들이 라이츠호라고 수부풍으로 줄였지만 상선의 이름이었다. 머리가 둔한 던디 항구의 주인은 토마스 페인을 매우 칭찬했는데, 페인의 책은 버어크가 불란서 혁명을 비난한 것을 응답하는 형식으로 쓰인 책이다. 그 책은 한동안 발간되어 널리 알려져 있었다. 페인의 책 이름을 따라 자신의 배에 이름을 붙인 던디 항의 소유주는 당시 필라델피아의 배 소유주인 스티븐 지래드와 유사점을 지녔다. 그런데 스티븐 지래드는 볼테르, 디드로 등의 이름을 배에 붙여 그의 조국과 조국의 자유분방한 철학자들에게 같은 공감을 나타냈다.

그러나 배가 상선의 선미에 닿자 장교와 노를 젓는 사람들은—
어떤 사람은 쓸쓸히 다른 사람들은 얼굴을 찡그리며—거기에 새
겨진 이름을 바라보고 있었을 때, 신입자는 키잡이가 앉으라고 한
선미에서 벌떡 일어나, 고물 난간에서 그를 슬프게 말없이 바라
보고 있던 동료들에게 모자를 흔들며 작별의 인사를 했다. 그리
고 배에 대한 인사로써 정든 라이츠 어브 맨호에 작별을 고했다.

부관은 애써 웃음을 억제했지만 즉시 계급의 위엄을 되찾아
"앉아!"라고 고함을 질렀다.

분명 빌리의 행위는 해군의 예절에 크게 어긋나는 것이었다.
그러나 그는 그 예절에 대해 교육을 받은 일이 결코 없었다. 예
절을 고려해 볼 때, 배에 작별의 인사를 하지 않았다면, 부관은
그렇게 심하게 비난하지는 않았을 것이다. 부관은 이것을 일반적
으로 징집 때 신입자들이 자기에게 은밀하게 공격하거나 비방하
는 것으로 받아들였다. 그러나 진정 그것이 효과 면에서 풍자였
다고 할지라도 의도적인 것은 아니었다. 빌리는 건강미로부터 나
오는 쾌활함, 젊음, 자유분방한 심성을 선천적으로 복되게 타고났
지만 풍자적인 기질은 전혀 없었기 때문이다. 그러한 마음이나
사악한 영특함은 없었다. 이중적인 의미나 어떤 암시를 하는 것
은 그의 본성과 전혀 동떨어진 일이었다. 그는 징집을 마치 변덕
스런 기후를 기꺼이 받아들이듯 했다. 철학자는 아니었다고 할지
라도, 동물들처럼 그것을 알지 못했던 그는 숙명론자나 다름없었
다. 그는 오히려 업무에서 고상한 장면이나 군사적인 일처럼 흥

분을 불러일으키는 모험적인 경향을 좋아했을지도 모른다.

베리포텐트호에 승선한 상선수부는 곧 유능한 수병으로 분류되어 앞 돛대 망루의 우현 당직으로 지명되었다. 그는 임무에 익숙해졌고 볼썽사납지 않은 훌륭한 용모와 마음씨 좋은 낙천적 태도 때문에 전혀 미움을 받지 않았다. 곤경에서도 그보다 쾌활한 사람은 없었다. 그는 자신과 마찬가지로 배에 징집된 다른 사람들과 분명 대조를 이루었다. 이들은 활동적인 임무를 하지 않거나, 특히 이따금 황혼이 가까워 오는 마지막 당번 때, 침울한 기분에 빠져드는 경향이 있기 때문이었다. 그러나 그들은 이 망루원처럼 그렇게 젊지 않았다. 그들 중 많은 사람들은 가정의 의미를 알았음에 틀림없었고 다른 이들은 분명치 않은 곳에 십중팔구는 남겨진 부인이나 어린이들을 있었음에 틀림이 없었다. 친지나 친척이 없다고 하는 사람은 거의 없었다. 반면 곧 알려지겠지만 빌리는 혈혈단신이었다.

2

새로 들어온 망루지기는 망루와 포열 갑판에서 잘 받아들여졌
지만, 여기서는 그가 지금까지 친해 온 작은 상선의 동료들에게
서 전에 받은 주목을 받지 못했다.

그는 젊었다. 그리고 그는 거의 완전히 자란 체격에도 불구하
고 타고난 순수한 여성다운 얼굴에 남아 있는 청년기의 표정 때
문에 외형상 실제보다 훨씬 젊어 보였다. 그러나 얼굴은 배를 탔
기 때문에 하얀 안색은 거의 없고 장밋빛 얼굴은 햇볕에 그을려
눈에 띄게 붉었다.

어떤 사람에게 특히 부자유스러운 복잡한 삶을 처음 대하는 초
보자에게 이전 아주 단순한 곳에서 거대한 전함의 방대하고 빈틈
없는 세계로의 갑작스러운 이동은 빌리가 기질적으로 자만심이나
허세가 있었다고 할지라도 그를 수모를 겪게 하기에 충분했다.
배의 여러 대원 중, 등급이 아무리 낮다고 할지라도 베리포텐트
호에 소집된 평범치 않은 각 수병들은 계속적인 군사훈련과 반복
된 전쟁에 참여로 어느 정도는 보통 사람에게도 새겨질 정도의
대단한 민첩성을 지닌다. 잘생긴 수병으로서 전함에 승선한 빌리

버드의 입장은 지방에서 올라와 궁중 귀족 태생의 귀부인과 경쟁을 하게 된 시골 미인의 입장과 비슷했다. 그러나 그는 자신의 어떤 점이 수병들 중, 한두 명의 굳은 얼굴에 알 수 없는 미소를 자아내게 했다는 점을 거의 알지 못할 만큼 환경 변화를 거의 알지 못했다. 그는 그의 성품과 행동이 갑판에 매우 지적인 점잖은 사람들에게 아주 좋은 영향을 주었다는 것을 전혀 알지 못했다. 이것은 어쩔 수 없었을 것이다. 노르만 사람이나 다른 혈통을 전혀 지니지 않은 듯한 그러한 색슨 혈통의 영국인의 가장 훌륭한 신체적 본보기를 특이하게 지닌, 그는 몇 가지 예에서 그리스 작가가 영웅적일 만큼 건강한 헤르쿨레스[7]에게 부여한 마음 편한 좋은 성품을 지닌 인간적인 모습을 보여주었다. 그러나 그의 이러한 모습은 마음을 파고드는 듯한 다른 선천적인 기질로 미묘하게 변화되었다. 작고 잘생긴 귀, 발의 곡선, 입과 코의 곡선, 큰 부리새 부리의 오렌지 같은 황갈색으로 물든 밧줄, 타르 통을 다루었음을 보여주는 무감해진 손, 더욱이 유순한 표정에 깃들인 어떠한 점, 무심코 행하는 모든 태도와 동작, 그리고 사랑의 여신이나 우아함의 여신에 의해 사랑을 받는 특이한 모성애를 암시하는 어떠한 점, 이 모든 것은 이상하게 그의 운명과 정반대되는 혈통임을 보여주고 있다. 빌리의 신비로움은 캡스턴[8]에서 공식적으로 임무를 부여받고 있었을 때 알려진 사실을 통해 더욱 신비롭게 되었다. 왜소하고 민첩한 점잖은 장교가 우연히 다른 질문

---

7) Hercules, (그리스신화) 힘이 장사인 영웅.
8) Capstan, 닻 등을 감아올리는 기계.

중에서 그의 출생지를 물었을 때, 빌리는 "상관님 죄송합니다만 모릅니다."라고 대답했다.

"출생지를 몰라?" "아버지가 누구시지?"

"상관님 모르겠습니다."

솔직하고 단순한 이 대답에 충격을 받은 장교는 다음으로 "출생에 대해 아는 것이 있는가?"라고 물었다.

"상관님, 모릅니다. 그러나 저는 어느 날 아침 브리스톨[9]에 있는 어느 선량한 사람의 집 문고리에 걸려 있던 예쁜 비단 헝겊으로 안을 댄 바구니에서 발견되었다고 들었습니다."

"발견되었다고?"라며 그는 머리를 뒤로 제치며 신병을 아래위로 살펴보았다. "자, 매우 훌륭한 사람이었다는 것이 판명되었군. 이 보게, 자네 같은 사람이 더 많이 발견되기를 바라네. 함대에는 사람이 슬플 정도로 필요해."

그렇다. 빌리는 버려진 아이로 서자일 것이다. 분명 천한 사람은 아니다. 귀족 출생이라는 점은 혈통이 있는 말처럼 분명하다. 나머지에 대하여 그는 이성의 날카로움은 거의 없거나, 있지 않고 뱀과 같은 지혜의 흔적도 없다. 그렇다고 완전히 비둘기도 아닌 그는 진정한 인간, 즉 아직 선악과가 주어지지 않은 그러한 인물로 문맹인이다. 일상적인 정직성을 지니고 살아가는 정도나 그러한 종류의 지능을 소유하고 있다. 읽을 수는 없지만 노래는 부를 수 있었다. 읽고 쓸 수 없는 나이팅게일처럼 그는 종종 자신의 노래를 짓는 작곡가였다.

---

9) Bristol, 영국 잉글랜드 남서부의 항구도시

그는 자의식이 전혀 없거나, 없는 듯해 보이고 세인트 버나드 개의 혈통에서 헤아려 볼 수 있는 정도의 자아의식을 지닌 듯하다.

자연과 더불어 습관적으로 살고 해안에 대해서 보다 육지에 대해서 더욱 알지 못하는, 즉 무도장, 창녀, 바텐더, 소위, 수부들이 말하는 '사람들의 낙원'과는 섭리로 구분이 된 다소 수륙 양생의 운명을 지닌 소박한 본성은 점잖음으로 알려진 꾸밀 수 있는 것과 모든 면에서 조화를 이루는 부도덕함에는 전혀 물들지 않은 상태로 남아 있다. 수부들은 매춘행위 없이 지상낙원을 자주 가는 사람들인가? 그렇지 않다. 그러나 그들은 육지 사람들과 더불어 매춘행위를 자주 행하지는 않는다. 말하자면, 그들과 진심으로 매춘행위를 자주 나누지 않는다. 그것은 매춘행위에서라기보다 오래 갇힌 후 활력을 분출하는 듯하다. 말하자면, 자연법에 따르는 솔직한 표현이다. 운명의 협력적인 영향으로 도움을 받은 타고난 성품 때문에 빌리는 여러 면에서 도시의 사탄이 아담에게 들어가기 전 아담처럼 분명 야만인의 상태에 지나지 않는다.

여기서 오늘날 무시되고 있는 인간 타락의 주장을 분명히 확인해 보려는 경우, 순수하고 깨끗한 덕이 문명의 외투를 쓴 사람을 특히 드러내고 있는 데서, 덕을 살펴보면 덕은 습관이나 관습에서 나오는 것은 아닌 듯하다. 오히려 덕은 카인의 도시나 도시화된 인간 전의 시기부터 독특하게 전해졌듯이, 그들은 습관이나 관습과는 거리가 먼 듯하다고 말할 수 있다. 그러한 품성으로 구분된 특성은 딸기 맛처럼 오염되지 않은 맛으로 분명 변조되지 않는 특성을 지니고 있다. 반면 비록 좋은 혈통에 있어서조차 철저히 문명화된 사람은, 비슷한 도덕적인 맛에 있어서, 혼합된 술과 같은 의심스러운 맛을 지니고 있다. 우리 시대 어느 기독교 수도에서 미혹되어 배회하다 발견된 캐스퍼 하우저[10]처럼, 원시적인 성품을 우연히 타고난 사람에게, 카이사르 당시, 로마 지방의 선량한 농부에 대한 약 2천 년 전의 마음씨 좋은 시인의 유명한 기도는 아직도 유효하다.

"정직하고 가난하나 말과 생각에서 충실한 그대 훼비안(Fabian)[11]은 어찌하여 그 도시에 왔는가?"

사랑을 받는 잘생긴 수병은 어느 곳에서나 볼 수 있는 많은 남성미를 지니고 있지만, 호오손[12]의 단편 이야기 중 하나에 등장하는 아름다운 여성처럼 한 가지 흠이 있었다. 그 여성과 마찬가지로 눈에 띄는 흠은 아니지만 흔히 있을 수 있는 성대의 결함이다. 그는 자연적 위험이나 소동에는 수부로서 완전했지만 갑작스럽게 마음에 강한 감정적 자극을 받을 때는 그렇지 않았으면 내면과 조화를 보이듯 독특하게 음악적이었을 목소리는 약간 더듬거나 그 이상의 경향이 있다. 이러한 특징을 지닌 빌리는 에덴의

---

10) Casper Hauser, 독일태생(1812~1833). 신체적으로는 16세이나 정신적으로는 3세에 가까운 수수께끼 같은 인물.

11) Fabian, (236~250) 사이의 로마 교황. 불란서에 몇 개의 교회를 세웠다고 전해짐.

12) Nathaniel Hawthorne(1804~1864), 미국의 작가. 대표작,『주홍글씨』.

질투심 많은 헤살꾼인 교활한 훼방자가 모든 인간을 지구에 맡긴 것과 관련되었다고 볼 수 있는 분명한 표본이다. 그는 모든 면에서 어쨌든 우리들에게 "나 또한 여기 한 패가 있어."라고 알려 줄 정도의 작은 카드로 미끄러져 떨어진 것이 분명하다.

잘생긴 수병의 그 같은 불완전함을 말하는 것은 그가 일상적인 주인공이 아닐 뿐만 아니라 그가 주인공으로 나오는 이야기가 낭만적인 것만은 아니라는 증거이다.

3

빌리버드가 베리포텐트호로 임의 징집될 당시 그 배는 지중해 함대와 합류하기 위해 항해 중이었다. 배는 얼마 지나지 않아 합류했다. 그 함대의 하나로서, 74 포문함대는 종종 배의 우수한 항해 능력 때문에 프리깃함이 없을 때, 정찰 임무를 띠고 단독으로 파견되거나 종종 정상적인 임무로 파견되었다. 그러나 이야기는 개인 수병의 경력이나 하나의 특이한 배 내부생활에 제한되어 있기 때문에, 위의 이야기와는 별 관련이 없다.

1797년 여름이었다. 그해 4월 스피트해드에서 소요가 있었는데, 이에 이어 5월 두 번째 노어에서 함대에 심각한 폭동이 일어났다. 후자는 과장 없이 일반적으로 대반란으로 알려졌다. 그것은 잠정적인 선전포고이며, 불란서의 5 집정관 정부를 전향시키거나 정복시키는 것보다 영국에 더 큰 위협적인 시위였다. 대영제국에 노어의 반란은 도시 전체가 방화로 위협받는 런던에, 소방대에 일격을 가하는 것과 같았을 것이다. 몇 년 후, 해군의 전투 방침을 따라 유사시 영국이 영국민에게 기대했던 것이 무엇이었는가 하는 것을 공포한 유명한 신호를 왕실이 충분히 예상할 수 있었던 위기 때, 즉 3층 갑판을 지닌 74 포문의 전함—당시 구세계의 거의 유일한 자유보수 세력의 오른팔 격인 함대—이 난바다의 정박지에 정박하고 있었던 때, 배의 돛 머리에서 수천 명이 넘는 수병들이 함성을 지르며 연합의 표상인 십자가를 지운 영국 국기를 올렸다. 당시 수병들은 세 십자가를 그렇게 지움으로써 제정된 법과 규정된 자유를 의미하는 깃발을 고삐 풀린 난폭한 적의 폭동의 빨간 유성으로 바꿔 놓았다. 함대에서 일상적인 가혹함 때문에 생긴 이유 있는 불만은 불에 휩싸인 불란서로부터 해협을 가로질러 불어온 불붙은 숯불에 의한 것처럼 이성을 잃은 폭동으로 불타기 시작했다.

그 사건은 한동안 디빈즈[13]의 활기찬 노래—작곡가로서 유럽의 위기에서 영국 정부에 적지 않게 도움을 준, 다시 말해서, 다른 것 중에서 영국 선원의 애국적 헌신을 찬양하는 노래—"나의 목숨은 왕의 것이다!"를 풍자로 바꾸었다.

해군의 역사가들은 자연히 아일랜드의 중요한 해군사에서 그러한 이야기를 생략했는데, 그들 중 윌리엄 제임스라는 역사가는 공정성을 위해 세심한 주의를 기울였다면 그것은 기꺼이 기록되었을 것이라는 점을 솔직히 인정하고 있다. 그러나 그의 기록은 설화라기보다 참고에 불과한 것으로 세부적인 것과는 거의 관계가 없었다. 이러한 것은 도서관에서 쉽게 찾아볼 수 있는 것도 아니다. 미국을 포함한 모든 국가에서 발생하는 모든 시대의 다

---

13) Charles Dibins(1745~1814), 영국의 극작가이며 항해가요, 작가로 유명함.

른 사건과 마찬가지로 대반란은 정치적인 견해와 함께 국가의 자존심 때문에 역사의 뒷전으로 호도될 성질의 것이었다. 그러한 사건은 묵살될 수 없지만 그들을 역사적으로 다루는 사려 깊은 방법도 있다. 건전한 개인이 가정에 해롭거나 잘못된 어떤 것을 퍼트리기를 삼간다면 같은 상황에 처한 국가도 비난하지 않고 똑같이 신중할 수 있을 것이다.

정부와 반란의 지도자 사이에 협상과 그리고 정부가 아주 잘못된 것을 양보한 후, 첫 번째 소요인 스피트해드에서의 반란은 겨우 진화되었거나 당분간 문제가 진정되었다. 그러나 노아에서는 정부가 받아들일 수 없을 뿐만 아니라 공격적이고 무례한 것으로 간주되는 요구가 계속된 회담에서 더욱 강력해진 대규모의 예상치 못한 반란의 새로운 조짐은—래드 후래그 (Red Flag)[14] 사건이 충분히 보여주지 않았다고 할지라도—부하들을 고무시키는 기백이 무엇이었는가 하는 점을 보여주었다. 결국 반란은 가라앉았지만 그것은 영향력이 큰 승무원 집단에서 자발적인 충성 다짐과 수병들의 확고한 충성심으로 가능하게 되었다.

어느 정도 노어의 반란은 신체적으로 건전한 몸에 전염병이 불온하게 침입한 것과 유사한 것으로 간주할 수 있다. 신체가 그 전염병을 곧 떨친 것으로 볼 수 있다.

어쨌든 이러한 수천 명의 반란자 중, 상당한 수병들은 곧—애국심으로 자극을 받았든, 사악한 본능에 의해서든 혹은 양자에 의해서든—나일 강에서 넬슨이 승리의 화관을 쟁취하는 데, 그

---

14) (좌익 혁명정당의 상징으로서의) 붉은 기

리고 넬슨이 트라팔가에서 해군 최고의 영예를 얻는 데 도움을 준 사람들이었다. 반란자들에게 그러한 전투 특히 트라팔가는 절대적이고 커다란 사면(赦免)이었다. 군에서 영웅적인 장렬함과 훌륭한 해군의 모습을 과시하려는 것 때문에 그러한 전투들, 특히 트라팔가는 인류 역사에서 필적될 수 없는 것으로 남는다.

4

이러한 이야기를 쓰는 데는 정도(定道)를 따르려고 아무리 마음을 먹어도 쉽게 떨칠 수 없는 몇 가지 샛길의 유혹이 있다. 나는 그러한 샛길에 들어서려는 실수를 하고자 한다. 독자들이 뜻을 함께한다면 기쁘겠다. 적어도 우리는 사악하다고 사람들이 말하는 그러한 쾌락은 도덕적 죄를 짓는 데 있다고 우리 스스로 약속할 수 있다. 왜냐하면 문학상의 죄는 이탈이기 때문이다.

우리 시대의 발명품은 중국으로부터 유럽으로 화약을 처음 도입함으로써 초래된 모든 전투, 즉 해전에서 마침내 혁명과 같은 정도로 변화를 가져왔다는 것은 새로운 이야기가 아니다. 볼품없는 발명품인 최초의 유럽 무기는 잘 알려진 대로 조우전에서 비겁하여 칼을 맞대고 싸울 수 없는 겁 많은 직공(織工)들에게나 어울리는 천한 도구로 기사(騎士)들로부터 업신여겨졌다. 그러나 화려한 위용은 없어졌지만 뭍에서 기사의 용맹이 사라지지 않은 것처럼 ─ 오늘날 변화된 상황에 적용할 수 없을 만큼 시대에 뒤진 일종의 과시적 용맹성이기는 하지만 ─ 바다에서도 1812년의 미국인 데카터즈, 영국 역대 제독인 도리아, 밴트롬프, 진 바아트,

오스트리아의 돈 잔 같은 해군의 실력자들의 고상한 기질은 그들의 목조 전함과 함께 구식이 되지는 않았다.

그럼에도 과거를 이해하며 현재를 가치대로 받아들일 수 있는 사람에게 포츠머스에 떠 있는 외로운 범선인, 넬슨 빅토리아호가 불후의 명예를 지닌 썩어 가는 기념비로서뿐만 아니라 모니터함과 유럽의 강력한 철갑선에 견주어 그림 같은 아름다움으로 부드럽게 되어 시적인 불명예의 대상으로 그곳에 떠 있는 듯한 것은 용서될 수 있을 것이다. 이것은 그러한 선박이 옛날 전함의 균형미와 큰 밧줄이 없고 모양이 흉해서 전적으로 그런 것이 아니라 다른 이유 때문이다.

방금 암시된 시적인 비난을 전적으로 받아들일 수 없는 사람들이 없는 것도 아니지만 그들은 새로운 체제를 위하여 그것을 피하고 싶어 한다. 이는 필요하다고 할지라도 성상파괴주의에 가까운 것이다. 예를 들어 위대한 명장이 쓰러진 곳을 표시하는 빅토리아호 갑판에 박힌 별을 보고 자극을 받은 군사공리주의자들은 넬슨이 전투에서 친히 몸을 드러내는 일은 필요 없을 뿐만 아니라 군사적인 일도 아니며 오히려 어리석음과 쓸데없는 것이라는 생각을 제시할 수 있다. 또한 그들은 트라팔가에서 그렇게 하는 일은 사실상 죽음에 도전하는 것과 다름없고 그래서 죽게 되었다고 덧붙일 수 있다. 게다가 그의 허세만 없었다면 승리를 얻은 제독은 아마 전쟁에서 살아남을 수 있었을 것이다. 그래서 지휘권을 쥔 직속 후계자에 의해 그가 죽으면서 내린 현명한 명령이 불복되는 대신 승패가 결정되었을 때 자신이 부서진 함대를 정박시킬 수 있었을 것이다. 그러한 일은 아마 해상 손실을 가져온 자연적 폭우로 생긴 비참한 인명 손실을 막을 수도 있었을 것이라고 덧붙일 수 있을 것이다.

여러 가지 이유로 함대를 정박시키는 일이 가능했는지 어떤지에 대한 논점 이상의 것은 제쳐놓는다 할지라도 전쟁에 대한 공리주의자들은 위의 것을 주장할 수 있다. 그러나 가정이라는 것은 근거를 세우기에 빈약한 것이다. 적과 조우하는 커다란 문제를 예상하고 그것을 걱정스럽게 준비하는 데 있어 — 코펜하겐에 서처럼 결정적인 길에 부표를 띄우고, 그것을 재면서 — 넬슨처럼 전투에서 자신을 돌보지 않고 드러내며 주변을 고통스럽게 살펴본 지휘관은 없었다.

자기중심적인 생각과 전혀 다른 지시를 받는 때조차, 개인적 신중함은 군인에게는 분명 특별한 덕이 되지 못한다. 한편 대단한 명예욕, 불타는 충동, 진정한 의무감이 제일 우선이다. 만일 웰링턴[15]이라는 이름이 혈기를 불러일으키는 것보다 성실하고 정직한 넬슨이라는 이름이 혈기를 불러일으키게 한다면 그 이유는 위와 같은 것으로부터 추론될 수 있다. 워털루의 승자에 대한 장례의 추모송(追慕頌)에서 알프래드는 그를 모든 시대에 가장 훌륭한 군인이라고 부르지는 않았을지라도 같은 시(詩)에서 넬슨을 해군사 이래 가장 위대한 해군으로 칭했다.

트라팔가에서 넬슨은 전쟁 개시 무렵 앉아 유서와 간단한 증언을 했다. 만일 자신의 영광스러운 죽음으로 얻어질 가장 훌륭한

---

15) Willington(1769~1852), 워털루에서 나폴레옹을 격파한 영국의 장군.

승리를 예측하며 일종의 성자와 같은 동기로 명예로운 행위를 보증받기 위하여 자신을 꾸몄고, 그래서 그 제단과 그 희생을 위해 자신을 꾸몄던 것이 진정 헛된 영광이었다면, 그때 위대한 서사시나 극에 영웅적인 시의 구절은 가식과 과장이다. 그 같은 구절에서 시인은 넬슨과 같은 기질을 지닌 사람이 기회가 주어질 때 행동하게 하는 그러한 찬양의 감정을 단지 시로 나타내고 있기 때문이다.

5

노아에서 반란은 가라앉았다. 그러나 모든 불만이 해결된 것은
아니다. 예를 들어 징집 계약자들은 분량이 잘못되었거나 혹은
좋지 않은 식량이나 겉만 번지르르한 옷을 제공받는 등 모든 곳
에서 그들은 특별한 일용품을 쓰지 못하게 되었다. 그러나 한 예
로 징집은 계속되었다. 수세기 동안 공인되고 맨스필드[16] 때까지
영국 대법관이 법으로 유지한 관습으로 지금은 잊혀진 관행이지
만 결코 공식적으로 중지되지 않은 방식, 즉 함대에 사람을 승선
시키는 방식은 당시에 중지될 수 없었다. 만일 그것을 포기했다
면 증기도 없고 무수한 돛과 수천의 대포, 간단히 말해서, 오직
근력으로만 움직였던 범선인 필수적 함대를 절름발이로 만들었을
것이다. 그런데 함대는 돌발 사태나 동요가 일고 있는 대륙으로
부터 불어 닥칠 사태에 대비하기 위해 모든 등급의 배들을 배로
증가시키고 있었기 때문에 인원이 더욱 필요했다.

불만은 두 반란의 조짐이 되었다. 어느 정도의 불만이 폭동 후
에도 은밀히 남아 있었다. 따라서 산발적이거나 전반적인 불만이

---

16) Mansfield(1705~1793), 1756년에 영국 대법관이 됨.

되살아나는 것을 파악하는 일이 합리적이었다. 불만의 예로 폭동이 일어난 해 스페인 해안 앞 바다에 당시 해군 소장 호레이쇼, 넬슨은 총지휘관으로부터 캐프틴호에서 씨이서스호로 그의 신호기를 바꾸라는 명령을 받았다. 대반란에 참여했던 씨이서스호가 본국으로부터 그곳에 늦게 도착했기 때문에 부하들의 기질상 위험이 감지되었다. 넬슨과 같은 장교는 진정 승무원들을 폭력으로 굴복시키는 것이 아니라 영웅적인 훌륭한 인격의 힘으로 자신의 부하들처럼 열렬하지는 않지만 진정한 충성스러울 정도로 그들의 후원을 얻을 사람이었다고 생각되었다.

얼마 동안 여러 척의 갑판에 불만이 감돌았다. 해상에서 반란의 재발을 막기 위해 사전경계가 강화되었다. 순식간 교전이 다가올 수 있었다. 교전이 되었을 때 포대에 배속된 부관들은 몇 가지 예 중에서 대포를 작동하는 부하 뒤에서 뽑은 칼을 가지고 서 있는 것이 그들의 임무라고 느꼈다.

6

빌리가 현재 자신의 그물 침대를 흔들고 있는 전함 갑판 위에서 평범한 관찰자는 사병들의 태도에서 대반란이 최근의 사건이었다는 점은 거의 느끼지 못하였거나 장교들의 행동에서도 전혀 느끼지 못했을 것이다. 전체적인 태도와 행위에서 전함의 장교들은 지휘관이 마땅히 지녀야 할 훌륭한 인품을 지니고 있는 경우 자연히 지휘관의 기품을 닮는다.

통칭하여 아너러블 애드워드 훼어휙스 비어인 선장은 약 40세 가량의 독신자로 유명한 바다사람들이 많은 시대에도 불구하고 명성이 높은 해군이었다. 지위가 높은 귀족과 연관되었다고 할지라도 그의 진급은 그러한 주변의 영향력으로 이루어진 것만은 아니다. 그는 군에 오래 복무했고 여러 전투에 참여했다. 그는 장교로서 부하의 복지에 신경을 쓰는 일에 힘을 기울였으나 규율을 깨뜨리는 일은 결코 용납하지 않는다. 철저히 직업적인 기술에 능숙하고 신중했지만 무모할 정도로 대담했다. 그는 로드니 제독이 드 그라스와의 교전에서 혁혁한 승리를 거두었을 때 그의 휘하에 전속부관으로 서인도에서의 용맹성 때문에 선장으로 진급되었다.

　문관 복장을 하고 그가 뭍에 있을 때, 아무도 그를 해군으로 보지 않았을 것이다. 더욱이 전문적이지 않은 말을 해양용어로는 전혀 사용하지 않고 태도가 진지한 그는 유머감이 적었다. 긴급하지 않은 상황에서 항해 시에는 전혀 감정을 드러내지 않는 사람이었다는 사실이 이 같은 특성을 말해 준다. 눈에 띄는 휘장도 달지 않고 키가 크지도 않은 이 신사가 선실로부터 탁 트인 갑판으로 오르거나 바람을 등지고 가는 그에게 부하 장교들이 말없이 보내는 경의에 찬 모습을 주목한 육지인이라면 그는 선장을 왕의 손님, 즉 중요한 직책을 맡으러 가는 매우 존경받는 신중한 사절로서 왕의 배에 탄 문관으로 간주했을 것이다. 그러나 사실상 그의 주제넘지 않는 태도는 종종 결단력을 지닌 자연스러운 남성다운 겸손함, 즉 단호한 행동이 필요치 않은 때 늘 나타나는 겸손함에서 나왔을지 모른다. 그런데 어느 계층의 삶에서 볼 수 있는 이러한 품행은 본질적으로 귀족적인 덕을 지녔음을 암시하는 것이다. 세상에 많은 영웅적인 활동에 참여한 사람들처럼 비어 선장은 경우에 따라 대단한 실천능력이 있다고 할지라도 종종 몽상가적 기분을 드러내곤 한다. 그는 한 손으로 삭구[17]를 잡고 갑판에서 바람을 안고 홀로 서서 멍하니 검은 바다를 응시하곤 한다. 그는 자신의 생각의 흐름을 방해하는 사소한 문제가 제시되면 다소 성급함을 보이지만 즉시 억제한다.

　해군에서 그는 스타리 비어라는 칭호로 잘 알려져 있다. 훌륭

---

17) 索具, 배에서 사용하는 밧줄이나 쇠사슬 같은 것을 통틀어 이르는 말.

한 기질이 무엇이었든 특출한 점이 없었던 그에게 어떻게 그러한 칭호가 붙게 되었느냐 하는 것은 다음과 같다. 비어 선장이 좋아하는 친척이자 마음이 너그러운 댄톤 경은 선장이 서인도 항해로부터 영국으로 되돌아왔을 때 선장을 축하해 주기 위해 마중을 한 첫 번째 사람이다. 댄톤 경이 앤드르 마블 시의 사본을 넘기던 전날 눈길이 처음은 아니지만 17세기 독일 전쟁에서 영웅적이던 평민 조상의 저택 이름인 애플톤 하우스라는 제목의 시구에 멎었다. 이 시에는 다음과 같은 구절이 있다.

　　"이 사람은 별처럼 빛나는 비어와 훼어훼스의 엄격한 규율 밑에서 처음부터 이상적인 가정교육을 받아왔다."

　그래서 댄톤 경은 수부 가문에 자존심을 넘치게 하고 로드니의 커다란 승리에서 그처럼 용감한 역할을 하고 방금 돌아온 사촌을 껴안으면서 "그대에게 기쁨을 스타리 비어에게 기쁨을"이라며 복받치는 마음으로 소리쳤다. 이것이 유행되었다. 그리고 해군에서 같은 계급의 장교로 먼 친척이며 연장자인 또 다른 비어와 베리 포텐트호의 선장을 쉽게 구분하기 위하여 허물없는 사이에서 이용되는 이 고상한 접두사는 영원히 성에 붙게 되었다.

7

바로 다음 장에서 베리포텐트호의 사령관이 하는 역할의 관점에서 앞서 장에서 윤곽이 드러난 그에 대한 묘사를 보충하는 것이 좋을 듯싶다.

해군 장교로서의 기질은 별도로 비어 선장은 특이한 인물이었다. 많은 영국의 유명한 해군과 달리 그는 해군에 매우 헌신적으로 오랫동안 열심히 봉사했음에도 불구하고 완전히 해군에 빠져들지 않았다. 그는 지적인 모든 것을 좋아하는 분명한 성향을 지녔다. 그는 책을 좋아해서 항해 시에는 언제나 가장 좋은 책으로 새롭게 도서관을 빽빽이 채운다. 전쟁 중 항해하는 동안에조차 사령관에게 간간이 밀려오는, 어떤 경우는 매우 지루한, 외로운 여가 시간에도 비어 선장은 결코 지루해하지 않았다. 전달 방법보다 내용에 관심을 기울이는 문학적 취미를 지닌 그의 편견은 세계에 권위 있는 단체에서 활동적인 직책을 맡은 우수한 계층의 진지한 성향의 사람들이 자연히 관심을 갖는 그러한 책을 특히 좋아했다. 어느 시대든 실제 사건이나 인물에 관한 책 ― 역사, 전기, 은어나 관습을 벗어나 일상적인 사고로 올바르게 실존(實存)

에 대해 숙고하는 몽테뉴 같은 평범치 않은 작가를 좋아했다. 이러한 독서 경향에서 그는 자신이 익히지 못한 사상—그가 사회적인 대화에서 추구했으나 얻지 못한 확신—을 발견했다. 그래서 그는 아주 근본적인 주제에 관해 그의 지적 부분이 훼손되지 않는 한 영원히 변하지 않고 남을 것이라고 느끼는 어떤 긍정적인 확신을 얻었음에 틀림없었다. 그의 운명이 처한 어려운 시기를 비추어 볼 때, 이것은 그에게 유익한 일이었다. 그의 고정된 확신은 사회적, 정치적으로 범람하는 고상한 의견을 막는 둑과 같은 것이었다. 그러한 의견은 자신보다 선천적으로 우수한 사람들, 즉 당시 적지 않은 사람들을 홍수처럼 휩쓸어 버렸다. 한편 선천적으로 선장과 같은 계층에 속한 귀족들은 개혁논자들의 이론이 특권 계층에 해롭다는 이유로 그들에게 분노했다. 그러나 비어 선장은 개혁자들이 영속적인 체제를 구현하는 데 영향을 주지 않을 뿐만 아니라 인류의 진정한 복지와 세계 평화에 어긋나는 듯하기 때문에 사심 없이 그들 의견에 반대했다.

그는 자신보다 정신적으로 약하고 정직하지 못한 같은 계급의 장교들과 종종 필요에 따라 어울리는데 그들은 선장이 감정이 마르고 책을 좋아하는 신사로 사교적 기질이 부족하다고 생각한다. 어쩌다 그들이 모인 자리에서 선장이 물러나면 어떤 사람은 다음과 같은 말을 한다. "비어는 스타리 비어로 고상한 동료이지. '관보에도 나온 기사이지만 호레이스 제독'(넬슨 제독이 된 그를 의미함)은 바탕이 훌륭한 해군, 즉 싸움꾼은 아니야. 자네와 나와 사이에 이야기지만 그에게는 학자연하는 이상한 기미가 풍기지 않니? 그래, 해군의 밧줄 타래에 섞인 좋은 실오라기와 같지?"

이런 은밀한 평에는 분명 근거가 있었다. 선장의 이야기는 결코 흠잡을 만큼 우스꽝스러운 것도 아니고 당시 대단한 사건이나 인물에 대한 예를 드는 데 있어서도 현대적인 것과 마찬가지로 옛날 역사적 사건이나 인물들을 인용하는 경향이 있기 때문이다. 선장은 둔감한 그의 승무원들에게 그러한 암시가 적절하다고 할지라도 알아차리기 어려운 그러한 암시가 독서가 주로 잡지에 국한된 사람들에게 전혀 받아들여지지 않는 것을 개의치 않는 듯했다. 선장 같은 성품을 지닌 사람들이 그러한 문제를 생각하는 일은 쉬운 일이 아니다. 그들은 그러한 정직성 때문에 경계선을 넘으며 날아가는 도중에는 전혀 딴전을 피우지 않는 철새의 경우처럼 종종 멀리 똑바로 나아간다.

8

비어 선장의 참모인 부관이나 다른 배속 장교들을 여기에서 자세히 이야기하는 일이 반드시 필요치는 않다. 또한 어느 하사관에 대해 말하는 것도 필요치 않다. 그러나 하사관 중에는 이야기와 상당히 관련된 인물이 있다. 그에 대해 즉시 소개하는 것이 마땅하다. 그에 대해 설명은 하지만 결코 정확하지는 못할 것이다. 이 사람은 선임 위병하사관인 존 크래가르트이다. 그의 해상 칭호는 육지인에게 다소 애매할지 모른다. 본래 의심할 바 없이 그 하사관의 임무는 무기, 칼, 단검을 사용하는 부하를 지시하는 일이다. 그러나 매우 오래전, 백병전을 훨씬 줄게 하고 질산나트륨과 유황에 비해 쇠의 우수성을 보여준 포술이 발달하여 그 기능은 없어졌다. 일종의 경찰서장 격인 거대한 전함의 선임 위병하사관은 다른 문제 중에서 사람이 많은 포열 갑판에서 명령을 수행하는 임무를 맡았다.

크래가르트는 35세가량의 인물로 약간 마르고 키가 크지만 전체적으로 못생기지는 않았다. 그의 손은 너무 작고 잘생겨 힘든 일에 익숙하지 않은 듯했다. 얼굴은 준수한 편으로 외형은 아주 모난 턱을 제외하고는 그리스의 커다란 메달에서 보는 외형과 같다. 그러나 테큠새[18]의 턱처럼 수염이 없는 턱은 찰스 2세 때 사무적으로 늘어뜨리는 말투를 지닌 역사적으로 유명한 증인이자 가톨릭 음모 사건의 혐의자인 협잡꾼, 티이터스 오우츠[19] 목사의 사진을 생각나게 하는 이상하게 튀어나온 넓은 턱을 지녔다. 임무 중에 크래가르트는 상대방을 꼼짝 못하게 하는 눈길을 보낸다. 그의 이마는 골상학적으로 보통 이상의 지능을 지닌 모습이다. 이마에는 비단같이 검은 곱슬곱슬한 머리다발이 부분적으로 덮여 옛날 오래된 대리석 색깔처럼 황갈색으로 물든 얼굴 밑 부분을 돋보이게 했다. 일반 수병들의 붉거나 혹은 짙은 갈색의 얼굴과 특이하게 대조를 이루는 이 얼굴은 분명 불쾌한 것은 아니지만 부분적으로는 업무상 햇볕을 받지 못하는 구석에서 생활했기 때문에 그랬을지라도 신체구조나 피에 결함이 있거나 비정상적인 어떤 점을 암시하는 듯했다. 그러나 그의 전반적인 태도나 외형은 해군의 임무에는 맞지 않는 경력과 교육수준을 보여 그가 임무를 맡아 적극적으로 활동치 않을 때, 그는 사회적, 도덕적으로 높은 자질을 지닌 사람처럼 보였다. 스스로의 이유 때문에 익명을 쓰고 있었다. 그의 이전의 생활은 전혀 알려지지 않았다. 그는 영국 사람이었을 것이지만 본래 그러한 것이 아니라 어린 시절 귀화를 통해 그랬을 것이라는 점을 암시하는 말투가 말에 깃들어 있었다. 포열 갑판과 선수루에서 비웃어대는 험담 중에는

---

18) Tecumseh(1768?~1813), 인디언 추장으로 1812년 전쟁에서 영국에 연합하였으나, 1813년에 전사하였다.

19) Titus Oates(1649~1705), 위증자이며 변절자.

위병선임하사가 왕실재판에 기소된 알 수 없는 사기행각을 합의하는 방편으로 왕실 군대에 자진해서 입대한 기사(騎士)였다는 것을 드러내는 소문이 퍼져 있다. 물론 아무도 확인할 수 없는 이 사실이 은밀히 퍼져 나가는 것을 막을 수 없었다. 위관급 이하의 인물과 관련해 포열 갑판에 한때 퍼져 나간 이 소문은 당시 타르칠이 몸에 밴 승무원들에게 전혀 신빙성이 없는 것 같지도 않았다. 성년이 되기 전 해양 경험이 없이 해군에 들어온 크래가르트와 비슷한 경력을 지닌 사람, 말하자면 전에 육지의 삶에 대해 전혀 티를 내지 않는 사람은 크래가르트처럼 처음에는 틀림없이 가장 낮은 등급에 지정되었다. 따라서 과거의 경력에 대하여 정확히 알려지지 않아 질투심이 날 만큼 몹시 알고 싶어 하는 사람들은 확실치 못한 추측으로 모호한 정도로만 알고 있다.

그러나 당직 때 그에 관한 수병들의 이야기는 한동안 영국 해군이 수병을 모집하는 데 까다롭게 굴 수 없었기 때문에 수병 강제 소집대가 악명 높게 육지에 퍼져 있을 뿐만 아니라 영국 경찰이 체포되지 않은 의심스러운 자나 그럴듯한 집단의 용의자를 잡아 즉시 함대나 갑판에 멋대로 태우는 일은 거의 혹은 전혀 비밀이 아니었다는 사실로 미루어 불확실하지만 그 같은 가능성을 뒷받침했다. 더욱이 자원 입대자 중에는 동기가 애국적이지도 않고, 그렇다고 간단한 해상경험이나 해양모험을 얻고자 하는 욕망이 없는 경우도 있었다. 도덕적으로 뒤범벅이 된 파산자들과 대단치 않은 정도의 지불불능 채무자들은 해군에서 편리하고 안전한 피난처를 확보했다. 그들은 일단 입대해 승선하면 제단의 그늘 밑에 몸을 피신한 중세 죄인처럼 성소에 있는 것과 같았기 때문이다. 분명한 이유 때문에 정부가 당시 드러내지 않은 결과 가장 영향을 받지 않은 계층으로 망각 속에 빠져버린 듯한 공공연한 불법자들은 내가 확인하지 못해 말하기를 꺼리는 어떤 일을 사실처럼 꾸몄다. 말하자면 그것은 내가 기억할 수 없는 책이지만 활자로 보았다고 생각하는 어떤 것이다. 그러나 트라팔가인이자 발티모아 흑인으로 내가 그리니치의 계단에서 아주 재미있게 이야기를 나눈 위로 치켜진 모자를 쓴 늙은 연금 수령자는 40년 전에 나에게 개인적으로 똑같은 이야기를 전했다. 이야기는 다음과 같다. 빠른 항해가 긴급한 전함에서 인력이 부족한 경우 어떤 방법으로도 인원을 채우지 못할 때, 부족 인원은 수용소로부터 직접 선발된 징병으로 채워졌다. 앞서 이야기된 이유 때문에 오늘날 그 진술을 직접 입증하거나 부정하는 일은 어렵다. 그러나 만일 그것이 사실이라면 매가 날듯이 무너진 바스틸 감옥이나 굴속으로부터 비명을 지르며 발발한 전쟁에 직면한 당시 영국 해협은 징집이 얼마나 심각하였겠는가. 그것을 돌아보는 우리에게 그 시대는 아주 분명히 나타나 단지 그것에 대해 읽고 있다. 그러나 사람들에 대해 깊이 생각한 징집의 천재는 우리의 옛 조상들에게 신비하고 가공할 위험인물인 케이프의 카멜레온 영혼과 같은 인상을 주었다. 미국도 그러한 불안으로부터 벗어나지 못했다. 나폴레옹 정복이 절정에 달했을 때 미국인들은 대서양 역시 혁명적 혼란으로부터 갑자기 권력을 잡은, 말하자면, 계시록에 제시된 심판을 수행하는 듯한 불길한 불란서인의 극에 달한 음모에 보호벽이 될 수 없다는 가능성을 예상하고 벙커 힐[20]에서 싸웠다.

그러나 전함에서 임무를 맡고 있는 누구도 선임하사와 친할 수 없었기 때문에 크레가르트에 관한 갑판의 이야기는 신뢰할 수 없었다. 그 외에 싫어하는 이유가 있든 없든 원한을 산 사람에 대하여 품위를 떨어뜨리는 말을 하는 데는 수병들도 육지인과 마찬가지로 이야기를 과장하거나 사실처럼 꾸미는 경향이 있다.

선임하사가 해군에 들어오기 전의 경력은 마치 천문학자가 유성이 하늘에서 관찰할 수 있는 모습으로 나타나기 전, 유성의 행로에 대해 아는 정도로 알려졌을 뿐이다. 소문을 퍼뜨리기를 좋아하는 사람들이 선임하사에 대해 내린 판단은 그가 거칠고 무식한 사람들에게 도덕적으로 어떤 인상을 주었는가를 보여주는 방식으로만 인용되어 왔다. 그런데 인간 못된 짓에 대한 개념은 야비한 악당―야간당직 동안 흔들이 침대 사이에 있는 도둑, 인간 중개상, 부두 사기꾼들―의 개념에 한정된 필연적으로 가장 편협한 것이었다.

전에 언급한 것처럼 그가 초보자로 해군에 들어왔을 때, 그는 전함의 가장 혐오감을 주는 일을 하는 인기가 없는 구역을 맡았다. 그러나 그곳에 오래 머물지 않았다는 점은 농담이 아니라 사실이다. 그가 특이한 사건에서 보여준 비밀을 캐는 특이한 자질과 타고난 냉정함, 상관에 대한 환심을 사는 존경심, 즉시 보여준 우수한 능력 등 모든 점이 엄격한 애국심으로 잘 덧씌워져 그는 즉시 위병선임하사의 위치로 승진되었다.

---

20) Bunker Hill, 미국 보스턴시의 언덕. 독립전쟁의 대격전지.

이 해양경찰의 책임자에게 소위 상병들은 가까운 고분고분하는 부하들이다. 그런데 이러한 것은 육지의 어느 분야에서 볼 수 있듯 전적으로 도덕적인 의지와 거의 일치하지 않는다. 그의 위치는 자신의 통제 밑에서 지하 조직에까지 영향을 미칠 수 있고 부하들을 통해서 교활하게 작용할 때는 일반 병사들에게 나쁘지 않다고 할지라도 바다의 어떤 교활함보다 신비할 만큼 불안하게 작용할 수 있는 연락망을 놓고 있다.

9

빌리는 망루 생활에 잘 어울렸다. 젊고 활동적이기 때문에 뽑혔듯이 망루원들은 상당히 높은 활대 위에서 실무적인 일이 없을 때는 즐겁게 무리를 지어 말아서 쿠션이 된 보조 돛에 몸을 편안히 기댄 채 게으른 신들처럼 이야기를 나누기도 하고 갑판 아래에서 바쁘게 진행되고 있는 것을 종종 즐기기도 하였다. 그때 빌리와 같은 젊은이의 기질이 그러한 모임에 잘 어울리는 것은 당연했다. 누구에게도 불쾌하게 대하지 않는 그는 늘 일에 민첩했다. 그것은 상선에서 임무를 수행할 때부터 그러했다. 그러나 지금은 임무에 있어서 그러한 꼼꼼함 때문에 그의 동료들이 종종 악의 없이 농담을 했다. 그가 이같이 민첩성을 보이는 데는 원인이 있다. 다시 말해서 그것은 그가 징집된 다음 날 처음으로 현문에서 매질하는 것을 보고 느낀 인상 때문이었다. 그것은 배가 항로를 바꾸고 있었을 때, 나이 어린 작은 동료인 초보자가 정해진 위치에 없었기 때문에 일어난 일이었다. 이유는 신속하고 단호하게 즉시 처리해야 하는 일을 실수로 수행치 못한 직무유기였다. 빌리가 매를 맞은 기소자의 등에서 붉은 자국과 자국 이상의 창살모양을 보았을 때, 즉 풀려난 사람이 집행자가 던져 준 모직 셔츠를 가지고 사람들로부터 몸을 감추고 그 장소를 재빨리 빠져나가며 지은 비참한 표정을 보았을 때, 그는 두려워 떨었다. 빌리는 결코 그러한 태만으로 그 같은 벌을 받거나 말로조차 비난을 받을 만한 어떤 일도 하지 않을 것이라고 맹세했다. 마침내 그는 그물 침대에서 잘못된 일이나 혹은 가방을 싣는 것 같은 문제로 이따금 사소한 어려움에 처하고 있다는 것을 알았다. 그때 그를 놀라게 하고 걱정스럽게 했던 것은 그가 밑 갑판 상병들의 감시를 받는 점이었다. 그러한 일들이 그에게 막연한 두려움을 가져다준 것 중의 하나였다.

그가 그렇게 주의를 기울였건만 어째서 이렇게 되었을까? 그는 그것을 이해할 수 없었다. 그 때문에 그는 더욱 약이 올랐다. 젊은 망루원들에게 말했을 때 그들은 쉽게 믿지 않거나 그가 숨기지 않고 걱정하는 데서 우스꽝스러운 점을 찾아내었다. "빌리, 이게 네 가방이냐? 자! 너를 가방에 넣고 꿰매, 골치 아픈 애야, 그러면 누가 그런 장난을 치는지 분명 알 수 있지."

그런데 배에는 나이 때문에 활동적인 일에 적합하지 않아 갑판 가까이 커다란 스파[21]를 에워싼 난간에 고정된 삭구를 돌보며 당직 때, 주 돛대를 지키는 일을 하는 노련한 선원이 있었다. 비번이었을 때 망루원은 그와 친분을 맺었다. 그래서 어려움에 처한 빌리는 그가 현명한 충고를 해 줄 수 있다는 생각이 문득 떠올랐다. 말이 적고 주름이 많으며 명예로운 상처를 지닌 그는 군

---

21) spar, 마스트에 쓰이는 튼튼한 둥근 재목.

무에 종사하며 길게 영국풍으로 말하는 나이 많은 덴마크사람이었다. 양피지 모양의 쭈글쭈글하고 세월과 풍우에 시달린 듯한 얼굴은 전쟁 중 탄약통이 우연히 터져 여기저기가 푸르죽죽하게 되었다.

그는 이 이야기 약 2년 전 영국 해군사의 불멸의 상징인 아가멤논[22]호에서 넬슨이 아직 선장이 되지 못하였을 때, 그 밑에서 일한 노련한 수부였다. 그 배는 장비가 해체되고 옆구리 부분이 부서져 헤이든의 판화에서 보는 거대한 해골 형상을 하고 있다. 아가멤논 출신의 돌격대의 한 사람인 그의 검은 얼굴에는 비스듬히 비추는 한 줄기의 아침 햇살처럼 길고 희미한 흉터와 관자놀이에 비스듬히 벤 듯한 상처가 있었다. 댕커가 베리포텐트호의 선원들 사이에서 "화약연기 속에서 배를 타다."라는 별명이 붙은 것은 얼굴에 박힌 푸른 반점과 별명을 얻었다고 알려진 상처와 그 사건 때문이었다. 그의 작은 족제비 같은 눈이 우연히 빌리버드를 처음 보았을 때, 어떤 단호한 내면의 즐거움 때문에 그의 존경스러워 보이는 주름은 익살스러운 모습으로 바뀌었다. 괴상하고 무감한 지혜 있는 일종의 원시적인 노인이 전함의 환경과 대조되어 이상하게 조화를 이루지 못하는 어떤 점을 잘생긴 수병에게서 보았거나 그렇다고 생각했기 때문이었을 것이다. 그러나 그를 이따금 은밀히 살펴본 후 나이 많은 지혜 있는 노인의 석연치 않은 즐거움은 바뀌었다. 지금 둘이 만난다면 그의 얼굴에는 미심쩍은

---

22) *Agamemnon*(아가멤논), (그리스신화) 트로이 전쟁 시 그리스 총사령관. 여기에서는 배를 지칭함.

표정이 감돌 것이다. 그러나 그러한 표정은 단지 순간적일 뿐 종종 함정이 많은 세상에 빠져들어 그 교묘함에 대처할 경험이나 노련함도, 그것을 막아 보려는 추잡한 기미도 없는 순진한 용기는 아무 소용없는 그러한 본성을 지닌 사람에게 궁극적으로 어떤 일이 생기게 될지 곰곰이 생각하는 표정으로 바뀔 것이다. 함정이 많은 세상에서 그 같은 순진성은 도덕적인 위기에서 반드시 의지를 깨우치거나 능력을 예민하게 하는 것은 아니다.

그렇지만 댕커는 고행자적인 태도로 빌리를 받아들였다. 이것은 그러한 인물의 어떤 철학적인 관심 때문만도 아니다. 또 다른 원인이 있었다. 이따금 나이든 사람에게는 미련스러울 정도의 괴상함이 있어 젊은이들이 멀리한다. 그 점에 개의치 않는 빌리는 그를 경험이 풍부한 영웅적인 인물로 생각하며 접근해 노인들의 지위가 무엇이든, 지위가 아무리 보잘것없다고 할지라도, 그들에게 좀처럼 잊혀지지 않는 매우 특징 있는 존경스러운 인사를 반드시 하곤 했다.

주 돛 대원은 기민하지만 풍자적이거나 그와 비슷한 기질이 있었다. 빌리의 젊음과 건장한 체격에 관해 나이든 사람의 풍자적인 기분 때문인지 다른 파악하기 어려운 이유 때문인지 처음부터 그 노인은 빌리를 말할 때, 베이비라고 불렀다. 사실 댕커는 망루원이 배에서 그 이름으로 처음 불려지게 한 사람이다.

그 후 곧바로 주름이 많은 이 노인을 찾으려고 많은 어려움을 겪은 빌리는 그 노인이 비번으로 상갑판의 탄약통 위에 앉아 매우 뽐내는 듯한 태도로 산책을 하고 있는 사람들을 냉소적인 태도로 종종 살피면서 생각에 잠겨 있는 것을 보았다. 빌리는 어떻게 그런 일이 일어났는지 의아해하며 난처한 일을 다시 생각해 보았다. 그 경험 많은 수병은 흰 담비와 같은 작은 눈을 의심스러운 듯 약간 번뜩이고 주름을 이상하게 실룩이며 망루원이 말하는 것에 주의 깊게 귀 기울였다. 선수루원은 그의 이야기 끝에 "댕커 님, 그것에 대해 어떻게 생각하시는지 말씀해 주세요."

방수포의 앞면을 밀쳐 올리던 노인은 가느다란 머리털 속으로 들어간 길고 비스듬한 상처를 의도적으로 비비며 간단하게 "베이비 버드야, 잼미래그즈23)가 너에게 적대감을 품고 있어."라고 말했다.

"잼미래그즈!"라며 빌리는 푸른 눈을 크게 뜨며 외쳤다. "의도가 무엇이지요? 웬걸요, 그가 나를 '기분 좋고 유쾌한 친구'라고 부른다고 사람들이 말하던데요."

"그가 그렇게 말한다고? 어린애 같은 애야, 잼미래그즈는 듣기에 좋은 말을 잘하지."라고 반백의 노인은 씩 웃었다

"아니어요, 반드시 그렇지는 않지만 최소한 저에게는 그래요. 내가 그를 지나칠 때 그는 유쾌한 말을 던져요."

"베이비 버드야, 그건 그가 너에게 악의를 품고 있기 때문이야."

초보자가 이해할 수 없는 되풀이된 말과 태도는 그가 설명을 구했던 그 신비처럼 빌리를 괴롭혔다. 빌리는 불쾌하지 않게 신탁의 어떤 것을 찾아내려 했지만 당분간 젊은 아킬레스24)에게

---

23) Jemmy Legs, 짧은 쇠지레 다리.

24) Achilles, (그리스신화) 트로이 전쟁 때 그리스의 영.

충분히 가르쳤다고 생각한 바다의 늙은 캐이론[25]은 주름을 모은 채 입을 다물고 더 이상 아무 말도 않았다.

상사의 의지에 평생 복종한 기민한 사람들이 얻는 경험과 세월의 모든 것 때문에 댕커의 내면에는 자신의 주요한 특성인 냉소로 보호된 신중함이 발달해 있었다.

---

25) Chiron. 그리스신화에 나오는 켄타우르족 중 가장 현명한 인물.

10

다음 날 한 사건 때문에 빌리는 자신이 말한 문제를 댕커가 이상하게 결론을 내린 것에 대해 믿을 수 없다는 확신을 갖게 되었다. 정오에 배는 순풍을 받아 해로를 따라 가고 있었다. 선실에서 저녁을 먹으며 동료들과 활발하게 이야기를 나누던 빌리는 배가 갑자기 기울어져 깨끗하게 청소된 갑판 위에 수프 판의 모든 음식물을 우연히 엎질렀다. 손에 회초리를 쥔 선임하사 크래가르트는 흐트러진 것이 있는 중창의 포대를 따라 우연히 지나치고 있었다. 가는 길에 정확히 가로질러 끈끈한 액체가 흐르고 있었다. 그는 그것을 넘어서 말없이 길을 갔다. 엎지른 사람이 누구였는지 그가 우연히 목격한 상황에서 주목할 문제가 아니었기 때문이었다. 그의 안색이 변했다. 멈추어 그는 수병에게 황급히 어떤 말로 소리를 지르려 했지만 참았다. 그리고 선임하사는 흐르는 수프를 가리키면서 회초리로 놀리듯 빌리를 간간이 두드리며, 특이하게 듣기 좋은 낮은 목소리로 '애야! 예쁜 짓 했구나. 예쁘게 생겨 예쁜 짓 했구나.'라고 말하며 지나갔다. 빌리는 크래가르트의 모호한 말에 담긴 선임하사의 생각을 알 수 없었기 때문에 다소 굳은 듯한 억지웃음에 주목하지 않았다. 그는 그 일로 실없이 잘생긴 입의 얇은 가장자리를 밑으로 내렸다. 그러나 모든 사람들은 선임하사의 말을 우스꽝스러운 의미로 받아들였고 상관의 말이었기 때문에 가식적인 기쁨을 드러내며 웃지 않을 수 없었다. 빌리는 그가 잘생긴 수병이라는 암시로 기분이 좋아서 즐겁게 동참했다. "그런데 잼미래그즈가 나에게 적의를 품고 있다고 말하는 사람이 있어."

"귀염둥이, 선임하사가 그렇다고 누가 말하든?"라고 놀라서 한 녀석이 물었다. 여기서 망루원은 약간 멍청한 듯 보였고 선임하사가 특이한 점에서 적대감을 품고 있다는 막연한 생각을 해 준 유일한 사람은 '연기 속에서 배를 타다.'라고 생각했다. 한편 다시 길을 가던 하사관은 마음을 드러내면서 쓸쓸한 미소—약간 뒤틀린 듯한 표정—라기보다 다소 마음을 풀어 놓은 듯한 표정을 지니고 있었음에 틀림없었다. 반대 방향으로부터 부주의하게 오다 그와 가볍게 부닥친 드럼연주 소년이 이상하게 쩔쩔맸기 때문이다. 그러한 표정은 하사관이 회초리로 그를 다급히 따끔하게 때리며 "길 똑바로 가!"라고 강하게 소리를 질렀을 때조차 얼굴에서 지워지지 않았다.

11

선임하사에게 무슨 문제가 있었는가? 문제가 무엇이었든 그것이 어떻게 엎질러진 수프 사건 이전에 그가 공식적으로든 혹은 다른 면으로든 특별히 접촉하지 않은 빌리버드와 직접적인 관련이 될 수 있을까? 도대체 그 문제가 상선의 '조정자'로 남의 기분을 나쁘게 하지 않고 크래가르트 자신의 표현으로 '유쾌하고 기분 좋은 젊은이'인 그와 무슨 관련이 있을까? 댕커의 표현을 빌려, 도대체 왜 잼미래그즈가 잘생긴 수병에게 '적의'를 품는다는 말인가? 그러나 사실상 아무것도 아닌 것이 아니라 최근에 우연히 부딪힌 일이 사려 깊은 사람들에게 은연중 암시되었듯 선임하사는 빌리에게 은밀히 적의를 품고 있거나 적의를 지니고 있는 것은 분명했다.

크래가르트의 개인적인 경력에 관한 것, 즉 빌리가 전혀 모르지만 빌리와 관련된 것, 다시 말하면, 크래가르트가 젊은 수병을 알게 된 것은 74 포문전함에 승선하기 전에 어느 시기에 시작되었다는 점을 암시하는 신비한 사건을 찾아볼 수 있다. 이는 어렵지 않은 일로 수수께끼 같다고 할지라도, 그것은 문제를 다소 흥미 있게 설명하는 데 도움이 될 것이다. 그러나 실제 사실과 같은 것은 없다. 결정할 수 있는 유일한 것으로 분명히 생각해 볼 수 있는 근거는 유돌포의 신비를 쓴 작가의 천재성이 생각해 낼 수 있는 어떤 점과 마찬가지로, 사실에 있어, 래드크리피언적[26] 소설의 주요소인 신비로 가득히 차 있다. 한 사람이 악의가 없다고 하지만, 악의 없음 그 자체가 아니라 다른 사람의 순진함 때문에 일으키는 자발적이고 깊은 반감보다 신비한 기질이 무엇이겠는가? 사람들을 가득 태우고 항해하는 커다란 전함에서 개성이 다른 인물들이 승선하는 것보다 약이 오르는 일은 없다. 매일같이 모든 계층의 사람들 중에서 거의 모든 사람들은 많든 적든 거의 모든 다른 사람과 접촉하게 된다. 전적으로 그곳에서 약 오르게 하는 사람의 눈을 피하기 위해서는 그 대상을 요나[27]처럼 내던지거나 스스로 바다에 뛰어들어야 한다. 이 모든 것이 성자와 완전히 다른 특이한 존재에게 궁극적으로 어떻게 작용할지 상상해 보라!

그러나 정상적인 성품으로 크래가르트를 적절히 이해하는 데는 이러한 암시만으로 불충분하다. 정상적인 사람이 그의 성품을 이해하는 데는 '건널 수 없는 공간'을 건너야 한다. 이 말이 간접적으로 나타낼 수 있는 최상의 표현이다.

오래전 나보다 나이 많은 정직한 한 학자는 나에게 자신과 같이 현재 하는 일이 없는 어떤 사람에 대한 이야기를 해 주었다.

---

26) Ann Radcliffe(1764~1823), 공포와 낭만적인 소설을 많이 썼음.
27) Jonah, 헤브라이의 예언자.

그런데 그 사람은 매우 존경받기 때문에 그에 대한 나쁜 일은 전혀 사람들 사이에 이야기되지 않았다는 것이다. 하지만 단지 몇 사람들 사이에 다음과 같은 이야기가 떠돈다. "그렇다. X—는 여자의 부채로 깰 수 없는 열매이다. 자네는 내가 체계화된 철학은 말할 것도 없이, 어떤 종교 단체에도 집착하지 않고 있는 것을 알고 있다. 그럼에도 나는 X—에 들어가, 말하자면, 그의 미로에 들어가, '세상 사람들이 알고 있는 것'이라고 알려진 근원의 단서만을 가지고 나오려고 생각했지만 그것은 나에게 거의 불가능했다."

"자, 어떤 것을 알아보기에 아무리 기묘하다고 할지라도, X— 역시 인간이고 세상의 지식은 분명 인간성과 인간성의 변형에 대한 지식을 의미하지요."라고 내가 말했다.

"그렇다. 그러나 그것은 평범한 목적을 알아내는 피상적인 지식일 뿐이다. 그러나 보다 깊은 문제로 세상을 아는 것과 인간본성을 아는 것은 두 개의 별개의 분야라고 나는 확신한다. 인간본성과 지식은 마음속에 함께 있을지 모르나 양자는 거의 함께 존재할 수 없거나 전혀 존재하지 못한다. 평범한 사람의 경우 세상에 계속 부닥치며 살다 보면 선한 성격이든 혹은 악한 성격이든 어떤 특이한 성격을 이해하는 데 반드시 필요한 예리한 통찰력이 무디어진다. 중요한 문제로 나는 한 소녀가 늙은 변호사를 마음대로 다루는 것을 보았다. 그것은 노년기의 사랑의 노망 때문이 아니다. 그런 종류는 아니었다. 그러나 노인은 소녀의 마음을 알기보다 법을 더 잘 알았다. 영국의 유명한 변호사 코오크[28]

나 블랙스톤29)도 헤브라이의 예언자들처럼 알지 못하는 영적 부분을 밝혀 주지는 못한다. 빛을 넣어 주는 자들은 누구인가? 대부분 은둔자들이다."

당시 내 경험은 모든 의미를 전혀 알지 못할 정도로 미숙했다. 그러나 지금은 그것을 알 수 있다고 생각한다. 정말로 성서에 기초를 둔 그 말이 널리 알려졌다면 우리들은 어렵지 않게 특이한 사람들을 규정하거나 지칭할 수 있을 것이다. 실제에 있어서 우리는 성서적인 요소로 염색되지 않은 어떤 권위자에게 의존해야 한다.

플라톤의 믿을 만한 해석에 담긴 정의로 이는 다음과 같다. 본성적 타락: 본성에 따르는 악, 즉 칼빈이즘의 색채라고 할지라도 그 정의는 전체 인류에 대한 캘빈의 주장을 포함하고 있지 않다. 분명 그 참뜻은 개인들에게만 적용될 수 있다. 교수대나 감옥에서 보여주는 이러한 악의 예는 많지 않다. 어쨌든, 이들은 야하게 섞인 야수성을 지니고 있지 않고 분명히 지성에 의하여 지배되기 때문에 두드러진 예들을 찾기 위해서 우리들은 다른 곳으로 가야만 한다. 엄격하게 말해서, 문명이 그것에 적합하다. 이러한 악은 존경스러움이라는 외투를 싸고 부정적인 덕을 말없는 보조자로 이용하고 있다. 그것은 술이 경계 내에 들어가는 것을 허락하지 않으며 악이나 사소한 죄도 없다고 말하는 것이 지나치지 않다. 그 안에는 악이나 죄를 배제하는 특이한 자존심이 있다. 그것은

---

28) Sir Edward Coke(1552~1634), 영국의 유명한 법률가.
29) Sir William Blackstone(1723~1780), 영국의 유명한 법률가.

결코 돈을 버는 일을 닥치는 대로 하거나 탐욕적이지는 않다. 간단히 말해, 여기에서 말하는 악은 천하거나 음란한 기미가 없는 것을 의미한다. 그것은 심각하지만 신랄함이 없고 인류의 아첨자는 아니지만 인류에 대해서 결코 나쁘게 말하지 않는다.

그러나 두드러진 예로 유별난 본성을 나타내는 것은 이와 같다. 그 사람의 침착한 기질과 신중한 태도는 이성이 지배하는 정신을 암시하는 듯하지만 마음으로는 이성의 법칙과 완전히 벗어나 폭력을 저지르는 듯하고 이성을 비이성적인 것의 효과를 얻기 위한 표리부동한 도구로 사용하는 듯하다. 말하자면, 극악무도한 방자함 속에서 정신 나간 자의 기미를 지닌 듯한 목적을 달성하기 위하여 그는 건전하고 현명하며 냉정한 판단을 내린다. 이런 사람들이 미친 자들이고 가장 위험한 인물들이다. 그들의 정신병은 계속되는 것이 아니라 어떤 특별한 대상에 의해 간헐적으로 일어나기 때문이다. 그것은 터놓지 않는다고 할 만큼 은밀히 보호되고 있다. 그래서 가장 활동적일 때조차 보통 사람은 온건한 정신인지 구분하지 못한다. 위에 제시된 이유 때문에, 목적이 무엇이든 그 목적은 밝혀지지 않는다. 방법과 진행과정은 늘 완전하게 합리적이다.

그러한 크래가르트는 사악한 교육이나 타락한 책, 또는 부도덕한 삶에 의하여 위험해진 것이 아니라, 간단히 말해서, 타고난 본성에 따르는 악을 지닌 미친 정신 상태의 인물이었다.

어떤 사람들은 수수께끼와 같은 말이 이렇다고 할 것이다. 이유는? 그것은 표현에 있어서 '사악함의 신비'라는 성서의 특성을 띠고 있기 때문이다. 사람들이 그렇게 말하지만 그 성질은 의도된 것과는 전혀 다르다. 본 페이지에서의 그 말은 오늘날 많은 독자들에게 관심을 끌지 못할 것이기 때문이다.

선임하사의 감추어진 본성을 드러내는 현재 이야기의 요점 때문에 바로 이 장이 필요하게 되었다. 식당에서의 사건과 관련된 한두 가지의 덧붙여진 암시와 다시 시작된 이야기는 어찌했든 신빙성을 반드시 입증할 것이다.

12

그러한 크래가르트의 모습이 못생기지는 않았다. 턱을 제외한 잘생긴 얼굴에 대하여서는 이미 이야기하였다. 그도 이러한 장점을 알고 있는 듯했다. 그는 옷을 입는 데 깔끔했을 뿐만 아니라 주의를 기울였기 때문이다. 그러나 빌리버드의 외형은 영웅적이었다. 그리고 빌리의 얼굴은 창백한 크래가르트의 지적인 모습은 없지만 그럼에도 불구하고 그의 얼굴은 그답게 다른 근원으로부터 나왔을지라도 내면으로부터 더욱 밝아 있었다. 마음속의 모닥불로 그의 뺨은 장밋빛으로 빛났다.

두 사람 사이에 뚜렷한 대조의 관점에서 지난번 선임하사가 빌리에게 "잘생긴 사람은 생긴 값을 한다."라는 말을 했을 때, 선임하사는 빌리의 대단한 개인적인 미, 즉 자신이 빌리에 대한 처음의 반감을 갖게 하였던 것을 이야기를 들은 젊은 수병들이 알아듣지 못하는 풍자적인 암시로 했음이 분명하다.

이성으로는 융화되지 않는 정열인 질투와 반감은 그럼에도 사실은 일란성 쌍생아인 장과 앵[30]처럼 연결되어 나타날 수 있다.

---

30) Jang and Eng, 타일랜드의 쌍둥이(몸이 붙어 있는 쌍둥이).

그때 질투는 괴물인가? 죄지은 많은 사람들이 죄를 줄이려는 바람 속에서 죄를 끔찍한 행위로 인정하였지만 누가 진정 질투를 죄라고 고백하였는가? 질투는 보편적으로 살인죄보다 더 수치스럽게 여겨지는 어떤 것이 있다. 그런데 모든 사람은 그것을 부정할 뿐만 아니라 지식인이 질투를 하였을 때 선량한 사람들은 그것을 믿지 않는 경향이 있다. 그 거처는 머리가 아니라 마음에 있기 때문에 지적인 능력이 아무리 높다고 할지라도 그것을 막지 못한다. 그러나 크래가르트의 질투는 야비한 형태의 정열이 아니다. 질투는 빌리버드에게 곧바로 향해져 있기 때문에 그것은 잘생긴 젊은 다윗을 불안하게 곰곰이 생각하면서 사울의 안색을 훼손시킨 불안한 질투의 기미는 없다. 크래가르트의 질투는 깊게 뿌리박혀 있다. 그가 곁눈으로 빌리버드의 잘생긴 모습, 발랄한 건강미, 내면으로부터 나오는 젊음의 활기를 보았다면, 빌리의 모든 속성이 크래가르트가 자석처럼 느끼듯 순진성에 있어서 뱀의 반동적인 물림을 경험하지도 결코 악의를 갖지도 않은 본성과 일치하기 때문이다. 빌리버드로 말하면, 그러한 영혼이 그의 내면에 있다. 창문으로 보는 것처럼 푸른 눈으로 바라보는 형용할 수 없는 순진성은 그의 색조를 띤 뺨에 보조개를 짓게 하고 모든 행위를 유연하게 했다. 노란 곱슬머리가 휘날리는 모습은 그를 잘생긴 수병으로 돋보이게 했다. 예외적 인물인 선임하사가 배에서 빌리버드가 드러내는 도덕적 특성을 잘 알 수 있는 능력을 지닌 유일한 사람이었다. 그의 통찰력은 내면에 여러 비밀스러운 모습을 지닌 채, 이따금 냉소적인 경멸, 오직 순진성 자체를 경멸하는 정열을 강화시킬 뿐이었다. 그럼에도 미학적인 면에서, 그는 순진성의 매력과 용기 있는 자유분방한 기질을 알아차린 것이다. 그는 자신도 그것을 지니고 싶었을 것이었지만 그것에 대해 단념했다.

그것을 쉽사리 감출 수는 있지만 내면에 근본적인 악을 없앨 힘은 없고 착한 것을 이해하지만 그렇게 될 수 없다. 그 같은 본성이 불변의 에너지로 채워진 크래가르트와 같은 본성은 그것에 남아 의존할 것은 오직 창조주만이 판단할 능력이 있는 전갈처럼 본성에 할당된 몫만을 끝까지 행동에 옮길 따름이다.

13

정열, 가장 깊은 열정은 그 역할을 행할 궁궐과 같은 무대만을 요구하는 것은 아니다. 심오한 정열은 하류층, 거지나 넝마주이들 사이에서도 행해진다. 아무리 보잘것없고 비천하다고 할지라도 그것을 불러일으키는 환경이 정열의 힘을 헤아리는 기준이 되지는 못한다. 현재의 예로, 무대는 잘 닦아진 포열갑판이다. 외적인 자극을 불러일으키는 일 중의 하나는 함대 내 부하의 엎질러진 수프이다.

선임하사가 발밑에 흐르는 끈적끈적한 액체가 어디에서 나왔는지 알았을 때, 의도적으로 그는 그것이 분명 있는 그대로의 단순한 사건으로 간주한 것이 아니라 빌리가 선임하사 자신에 대한 반감에 걸맞은 은밀한 자발적인 행위를 드러내는 것으로 받아들였음이 분명하다. 사실상 그는 바보스러운 시위를 생각했을지도 모른다. 그것은 새끼 암소의 보잘것없는 발길처럼 전혀 해가 없었을 것이다. 새끼 암소가 그렇다고 한다면 신발을 신은 종마 정도로 해로웠을 것이다. 빌리는 그렇게 해서 자신의 신랄한 경멸을 크래가르트의 질투의 고통 속에 불어넣었다. 그러나 그 사건은 무허가 영업자를 쫓아 아래 갑판 어두운 구석구석을 찾아 헤매기도 하고 수병들에게 지하에 있는 쥐를 풍자적으로 연상시키는 예리한 용모와 삐걱거리는 목소리 때문에 '찍'으로 별명 지어진 떼를 쓰는 작은 교활한 상병 중의 하나인 '찍'이 전한 비밀스런 보고를 통해 선임하사에게 확실히 전달되었다.

망루원을 귀찮게 하기 위한 작은 함정을 놓는 은밀한 도구로 그의 상관이 그를 고용하였기 때문에—이후에 언급되는 작은 학대가 진행되는 것은 선임하사로부터 나온 것이어서—선임하사가 빌리를 좋아할 수 없다고 충분히 결론을 내린 충실한 밀고자, 상병은 착한 망루원이 순진하게 까불어 대는 것을 왜곡시켰다. 이외에 그는 빌리가 무심코 흘린 말을 엿들었다고 주장하는 몇 마디의 모욕적인 말을 꾸며 상사의 분노를 사게 하는 일을 주 임무로 삼았다. 선임하사는 결코 이러한 보고의 정직성, 특히 욕설에 대해서 의심하지 않았다. 그는 최소한 임무에 열중했던 당시 선임하사, 즉 선임하사가 얼마나 비밀리에 인기가 없을 수 있는가하는 점을 잘 알고 있기 때문이다. 그는 수병들이 몰래 그에게 야유와 기지, 즉 쾌활함을 가장하여 마음에 품은 혐오와 불평 속에 숨겨 그들 사이에 유포되고 있는 별명인 잼미래그즈라는 말을 퍼붓고 있다는 점을 잘 알고 있었기 때문이었다. 그러나 정신적인 영양물과 관련해서 증오를 탐하는 면에서 크래가르트의 정열을 양육시킬 공급자는 거의 필요가 없었다.

유별나게 신중한 것은 교묘한 악과 같다. 그것은 모든 것을 감추기 때문이다. 의심스러운 악의 경우 은밀성은 스스로 깨닫거나 환멸을 느끼지 못한다. 억지를 부려서라도 분명한 것에 대해서와 마찬가지로 추측하는 것에 대해서도 조치를 취한다. 그래서 보복은 공격하는 측에 흉물스러울 정도로 부조화를 이룬다. 지나친 고리대금업자를 제외하고 진정한 의미에서 어떤 사람에게 언제 복수가 있었던가? 그러나 크래가르트의 양심은 어떠한가? 양심과 지성이 다르다고 하더라도, '믿으면서 두려워 떠는' 성서적인 악마를 포함하여 모든 지성은 한가지이다. 단지 자신의 의지만을 변호하는 크래가르트의 양심은 빌리가 수프를 엎지른 순간, 빌리를 탓할 수 있는 동기와 그가 한 모욕적인 말은 그 이상은 아니었지만 자신에게 크게 불리한 문제를 야기했다고 주장하면서 문제를 침소봉대하였다. 오히려 그의 양심은 원한을 일종의 보복적 성격을 띤 정당한 행위로 구실 삼았다. 위선자들은 크래가르트와 같은 본성을 깔고 숨겨진 침실에서 배회하는 음모자들[31]이다. 그들은 진정 되돌려 받을 원한만을 생각한다. 아마도 선임하사의 빌리에 대한 비밀스러운 박해는 선임하사의 기질을 시험하기 위하여 시작된 것이다. 그러나 그것은 선인하사의 원한이 그럴싸한 자기 정당화를 공식적으로 이용할 수 있거나 곡해시킬 수 있는 어떤 자질을 빌리에게서 찾지 못했다. 그러므로 사소했지만 식당에서 일어난 그러한 일은 크래가르트의 개인적 지도자로 배당된 특이한 양심에 환영받을 만한 것이었다. 다른 것에 대해서도 분명 그러한 양심을 지닌 크래가르트는 새로운 시험을 했다.

---

31) Guy Fawkes(1570~1606), 가톨릭 신도로 로마 의사당을 폭파하려던 음모로 체포된 인물.

14

지난번 사건 후 며칠 되지 않아 빌리버드를 전보다 더욱 당황케 하는 일이 일어났다.

위도상 무더운 밤이었다. 당시 당직이 정확히 선실이었던 망루원은 하포열 갑판 위에 빽빽이 매달려 조금도 혹은 전혀 흔들 수 없는 수백 개의 침대 중, 자신의 무더운 침대로부터 가장 높은 갑판으로 올라가 그곳에서 졸고 있었다. 그는 함대의 가장 큰 대형보트가 매여 있는 앞 돛대와 주 돛대 사이, 배의 중앙에 산등성이처럼 쌓여 있는 돛대 보조목인, 아래 활대의 그늘에서 언덕의 그늘에서처럼 쭉 펴고 누워 있었다. 그는 밑에서 올라온 다른 세 명의 졸고 있는 사람들과 나란히 앞 돛대에 인접한 돛대 보조목 끝 부근에 누워 있었다. 망루원으로서 높은 곳에서 임무를 맡고 있는 그의 위치는 앞 상갑판 선원의 갑판 위치보다 바로 위로서 관례적으로 그 인근에서는 다소 편안하게 해 주는 곳이다.

다른 사람이 잠자는 소리를 앞서 분명히 들었음에 틀림없는 누군가가 어깨를 흔드는 바람에 곧 그는 잠을 반쯤 깨었다. 그가 머리를 돌렸을 때, "빌리야, 앞 갑판 밧줄이 있는 곳으로 몰래 빠

져나와. 무슨 소문이 있어. 말하지 마. 빨리 거기서 만나."라며 그
는 사라졌다.

바탕이 착한 다른 사람들과 마찬가지로 빌리는 본래 착한 본성
과 떼어 놓을 수 없는 약점들을 지니고 있다. 이러한 약점들 중에
는 표면적으로 분명 불친절하지도, 사악하지도, 우호적이지도 않은
갑작스러운 제안에 거절의사를 직접 말하기를 꺼리거나 거의 할
수 없는 점이 있다. 그의 성품이 온화했기 때문에 거부할 냉정함
이 없었다. 그는 두려움에 대해서와 마찬가지로 정직하고 자연적
인 것과 동떨어진 것을 빨리 이해하지 못했다. 더욱이 현재의 경
우 아직 졸음이 가시지 않았다.

그것이 어떻든 그는 기계적으로 일어나 졸음 속에서 무슨 소문
이 있을까 의심하며 후방 지삭[32]과 여러 개의 기둥 모양을 이룬
지삭들, 그리고 커다란 도르래로 막이 쳐진 높은 성벽 밖에 여섯
개의 플랫폼 중 하나인 좁은 정해진 장소로 갔다. 그곳은 당시
거대한 전함에서 선체와 같은 크기의 하나였다. 간단히 말해서,
바다에 걸쳐 있는 임시 발코니이자 매우 구석진 장소로 진지한
성향의 비형식주의자인 늙은 베리포텐트호의 한 수병은 그곳을
낮에조차 개인적인 기도실로 이용했다.

이렇게 후미진 곳에서 낯모르는 자는 곧 빌리와 만났다. 아직
달이 뜨지 않았고 엷은 안개 때문에 별빛은 흐릿했다. 그는 낯모
르는 자의 얼굴을 뚜렷이 볼 수 없었다. 그러나 윤곽과 태도로
보아 빌리는 그를 정확하게 후방경계병 중 한 사람으로 인식하였

---

32) 支索, 밧줄 기둥.

다. "쉿, 빌리. 너 찍혔지? 자, 나도 그래."라고 그는 말했다. 그리고 그 효과를 내려는 듯 잠시 쉬었다. 빌리는 이것이 무엇을 의미하는지 정확히 몰라서 아무 말도 하지 않았다. 그때 다른 사람이 "우리들만 찍힌 게 아니야. 빌리, 우리와 같은 무리가 있어. 어려움에 처해 있을 때 도울 수 없겠니?"

"무슨 말이야?"라고 졸음을 완전히 떨치면서 빌리가 물었다.

"쉿! 여기 봐, 네가 단지…… 한다면, 그들은 네 것이야."라고 그는 좀 큰 소리로 급하게 속삭였다.

그러나 빌리가 말을 가로막았다. 자신의 의사를 전하려는 분개에 찬 진지함 때문에 성대 결함이 나타났다. "제, 제, 제기랄, 무슨 꿍꿍인지, 무슨 뜻인지 모르지만, 너희들 있는 곳으로 가, 아!"

그 순간 당황한 듯한 그 녀석은 꼼짝 않았다. 그래서 빌리는 벌떡 일어서면서 "가지 않으면, 난간 너머로 더, 더, 어언져 버린다."라고 말했다. 이는 제대로 전해졌다. 불가사의에 쌓인 밀사는 돛대 보조목 쪽의 그늘진 주 돛대 방향으로 황급히 사라졌다. 빌리의 높은 목소리 때문에 졸음에서 깨어난 선수루원이 "이봐, 무슨 일이야?"라고 외쳤다. 앞 돛대 망루원이 다시 나타나 빌리를 보자 "아, 귀염둥이구나? 네가 말을 더듬는 것을 보니 분명 무슨 일이 있었나 보구나."라고 그가 말했다.

"아, 나는 배의 이곳 우리 지역에서 후방 경계원을 봐서 그가 속한 곳으로 가라고 했지."라며 말더듬을 극복하고 빌리가 말을 이었다.

"그게 전부냐, 망루원? 나는 그런 살살이를 총잡이 딸과 결혼

시켜 주고 싶은데!"라는 말로 그들을 총으로 징계처분하고 싶다는 생각을 보이며 '빨간 후추'로 알려진 붉은 안색과 머리를 지닌 성급한 늙은이가 선수루원들에게 다시 거칠게 물었다.

문제에 대해서 빌리가 말을 했기 때문에 간단한 소동은 질문자에게 만족스럽게 설명되었다. 배의 모든 구역의 승무원 중에서 선수루원들은 대부분 노련한 사람들로 바다를 매우 사랑하며 특히 그들이 불쌍히 여기는 후방 경계원들이 영역을 침범하는 데 대단히 질투에 찬 분개심을 보인다. 그들은 주 돛을 감거나 걷어 올리는 일을 제외하고 결코 높이 올라가지 않으며 도르래를 감거나 송곳 같은 돛 바늘을 다루는 데 전혀 능숙치 못한 육지인들에게 주로 그렇다.

15

이 사건으로 빌리는 크게 당황했다. 그것은 은밀한 음모의 형태로 그가 개인적으로 겪은 전혀 새로운 최초의 경험이었다. 한 사람은 당직 동안 전방 높은 곳에 다른 사람은 갑판 뒷부분에, 두 사람이 멀리 떨어져 있었기 때문에, 빌리는 이러한 만남 전에는 후방 경계원에 관해 아무것도 알지 못했다.

그것은 무엇을 의미했을까? 그 훼방꾼이 빌리의 눈앞에 치켜든 두 개의 번쩍이는 두 물체는 정말 금화였을까? 그 녀석은 어디에서 금화를 구할 수 있었을까? 웬걸, 바다에서는 여분의 단추조차 흔치 않지 않는가? 곰곰이 문제를 생각하면 할수록 그는 더욱 당황스럽고 불안하며 좌절하게 되었다. 비록 잘못 받아들인다고 할지라도 본능적으로 어떤 악과 관련되었음에 틀림없다고 믿고 있는 제안을 구역질나게 물리치는데, 빌리버드는 마치 목장으로부터 나온 활발한 어린 말이 화학공장으로부터 나온 나쁜 냄새를 들여 마시고 반복적으로 재채기를 해서 그것을 콧구멍과 폐로부터 몰아내려는 것과 같았다. 그에게 접근한 그 자의 속마음을 알고자 하는 의도가 없었다고는 하지만 빌리의 정신구조가 그 동료와 더 이상의 이야기를 하려는 모든 욕망을 가로막았다. 그러나 어둠 속의 방문자가 밝은 대낮에는 어떻게 보일까 하는 것을 알고 싶어 하는 본능적 호기심이 없는 것도 아니었다.

빌리는 다음 날 오후 선실에서 첫 번째 당번 때, 흡연자를 위해서 배당된 상포열 갑판의 앞부분에서 담배를 피우는 사람들 속에서 그를 멀리서 보았다. 빌리가 그를 알아차린 것은 거의 흰 속눈썹으로 가려진 얇은 파란 유리알처럼 빛나는 눈과 둥글고 주근깨가 있는 얼굴 때문이라기보다 전체적인 모습과 체격 때문이었다. 그러나 빌리는 포에 기대어 마음 놓고 웃고 떠드는 그와 같은 또래의 저 너머에 있는 녀석이 그 녀석이었는지 의심스러웠다. 그는 상냥하고 매우 젊어 보이며 외형으로 보아 말이 많은 듯했다. 수병으로서 더욱이 후방 경계원으로는 너무 뚱뚱했다. 간단히 말해서, 그는 어떤 중대한 계획에 대한 음모자나 그러한 음모자의 바탕이 되는데 필수적인 위험한 생각들, 즉 생각이 풍부하다고 볼 수 없는 인물이라고 여겨졌다.

빌리가 알아보지 못했지만 주의 깊게 곁눈질을 하던 그는 먼저 빌리를 알아보았다. 빌리가 그를 보고 있던 것을 알아차린 그는 담배를 피우는 사람들과 나누던 이야기를 중지하지 않은 채, 옛날 친구에 대한 다정함으로 친근하게 고개를 끄덕였다. 하루인가 이틀 후 포열 갑판에서 저녁 산보 때, 그는 빌리를 지나치며 친근한 동료에 대한 태도로 흘리는 말을 했다. 그것은 뜻밖이고 그 상황에서는 분명치 않은 말이어서 빌리는 당황해 어떻게 대답할지를 몰라 그냥 지나쳤다.

빌리는 이제 전보다 더욱 당황하게 되었다. 빌리가 한 헛된 생각은 귀찮을 만큼 이상해서 빌리는 그러한 생각을 지우려고 몹시 애를 썼다. 너무도 의심할 바 없는 문제였기 때문에 충성스러운 수병으로서 적절한 장소에서 보고하는 것이 의무였다는 점이 생각나지 않았다. 그러한 점이 떠올랐더라도 빌리는 그 일이 밀고자의 추한 점을 크게 덧붙일 것이라는 생각, 즉 초심자의 관대함 때문에 그것을 받아들이지 않았을 것이다. 그는 문제를 혼자 간직했다. 그러나 어느 날인가 바람이 잠잠하여 배가 나갈 수 없던 향기 그윽한 밤의 감화를 받아 그는 나이든 댕커에게 불만을 터트리지 않을 수 없었다. 그때 둘은 거의 말없이 머리를 선창에 댄 채, 갑판에 함께 앉아 있었다. 그러나 빌리가 한 이야기는 부분적이고 분명치 않은 설명으로 누구에게도 완전히 드러내지 않으려는 앞서 이야기된 근거 없는 양심의 가책이었다. 빌리의 설명을 듣자 현명한 댕커는 이야기를 들은 이상으로 추측했다. 그는 주름을 한곳으로 움츠리며 잠시 곰곰이 생각한 후 "내가 그렇게 말하지 않았니, 베이비 버드야?"라고 말했다. 이때 그의 얼굴에는 종종 띠었던 알 수 없는 표정은 완전히 사라졌다.

"뭐라고 말씀하셨지요?"라고 빌리가 물었다. "잼미래그즈가 너에게 적의를 품고 있어."

"잼미래그즈가 그 미친 후방 경계원과 무슨 관련이 있어요?"라고 빌리가 다시 물었다. "이봐, 그 당시 그것은 후방 경계원이었어. 남의 앞잡이야. 앞잡이!"[33]

---

33) cat's paw. cat's paw. 1. 남의 도구로 이용된 앞잡이. 2. 조용한 수

그 놀랄 만한 말이 그 순간 잔잔한 바다 위로 불어오는 가벼운 바람소리와 관계가 있는 것이었는지, 또는 후방경계원과 미묘하게 관련이 된 것인지 알 수 없었으나 나이들은 머린[34]은 되풀이 된 빌리의 성급한 질문에 쾌히 대답을 하지 않고 검은 이빨로 담배 빨대를 비틀었다. 이는 그가 함대 어떤 부서의, 반드시 아주 분명한 사람들이 아닌, 매우 애매한 말을 하는 모호한 기미를 지닌 어떤 독선적인 현인들에 관해 의심스러운 형태의 질문을 받으면 말을 하지 않는 것이 습관이었기 때문이었다.

오랜 경험을 통하여 이 노인은 어떤 것에 결코 간섭하거나 충고를 하지 않는 그러한 신중함을 터득하게 된 듯했다.

면에 잔물결을 일으킬 정도의 미풍. 이중적 의미로 빌리가 알아듣지 못함.

34) Merlin, 쇠황조롱이. 유럽산의 작고 용감한 매.

16

베리포텐트호에서 빌리가 한 이상한 경험의 바탕에는 선임하사가 관련되었다는 댕커의 분명한 주장에도 불구하고 젊은 수병은 문제를 자신의 표현으로 '그에게 늘 유쾌하게 말하는 그 사람'이 아닌 다른 사람의 탓으로 돌렸다. 이는 이상한 일임에 틀림없지만 그렇게 이상한 것도 아니다. 어떤 문제에 있어서 성년에 이르러조차 어떤 수병은 순진한 채로 남는다. 발랄한 기질을 지닌 망루원인 젊은 수병은 나이든 어린이와 같다. 그런데 어린아이의 완벽한 순진성은 텅 빈 무지이다. 그러한 순진성은 다소 지성이 발달함에 따라 없어진다. 그러나 빌리버드의 지성은 변변치 못한 정도로 발달했지만 단순성은 거의 영향을 받지 않고 남아 있다. 진정 경험은 선생이다. 그러나 빌리는 나이에도 불구하고 경험이 적었다. 그 외에 그는 본성적으로 착하지 않거나, 혹은 불완전하게 경험에 앞서거나, 어떤 예에서 분명 관련되었듯, 젊은이에게 관련될 수 있는 악을 직관적으로 알지 못한다.

단순한 수병으로서 인간을 아는 것을 제외하고 빌리가 인간에 대해 무엇을 알 수 있으랴? 돛대 앞에 서 있는 진실한 사람으로 소년시절부터 줄곧 수병으로 시대에 뒤떨어진 그는 육지인과 같은 사람이지만 어느 면에서 육지인과 분명 다르다. 수병은 솔직하고 육지 사람은 솜씨가 좋다. 삶은 수병들에게 민첩성만을 요구하는 게임 - 장기처럼 솔직하게는 조금도 움직일 수 없고 목적은 간접적으로 달성되는 음모의 게임으로 불쌍한 촛불만이 역할을 하는 데 타버리는 거의 가치 없는 불모의 시합을 요구하는 것은 아니다.

그렇다. 한 계층으로서 수부들은 성격적으로 어린아이들과 같다. 그들의 이탈이라고 해 보았자 어린이들이 행하는 정도로 특징지어 있다. 이는 특히 빌리의 시대 수병들에게 있어 사실이다. 또한 모든 수병들에게 해당되는 일은 여러 면에서 나이 어린 수병에게 많은 영향을 미친다. 또한 모든 수병들은 불평 없이 명령에 복종하는 데 익숙해 있다. 떠다니는 수병의 삶은 외적으로 지배되지만 그는 사람들과 더불어 뒤범벅이 된 장사 속으로 끌려들지 않는다. 그런데 범벅이 된 곳에서 평등이라는 점 — 적어도 외형적으로 평등하다는 관점에서, 거리낌 없는 자유로운 행동은 종종 외형상 공정한 것에 비례해서 그가 이를 지독히 불신하지 않으면 나쁜 응답을 받는다. 억눌려 드러나지 않는 불신은 사업가들이 아니라 사업보다 피상적으로 인간관계를 알고 있는 사람들, 즉 세상을 보다 잘 알고 있는 사람들이 더욱 몸에 배 있다. 그래서 그들은 불신을 거의 무의식적으로 이용하고 불신이 그들의 일반적인 특성의 하나라고 비난하면 그들은 아주 놀란다.

17

식당에서 작은 문제 이후 빌리버드는 그의 침구나 옷가방 등에 대해 종종 겪은 어려움을 더 이상 겪지 않았다. 이따금 그를 흠뻑 젖게 하였던 미소와 지나치는 유쾌한 말, 이러한 것들은 잦은 것은 아니지만, 어떤가 하면, 전보다 더욱 두드러졌다.

그러나 그럼에도 불구하고 다른 것이 나타나고 있었다. 크래가르트가 남의 시선을 피해, 빌리가 사람들 속에서 다른 젊은 산책자와 함께 무심코 농담을 나누며 두 번째 당직 때에 한가로이 상포열 갑판가장자리를 따라 지나는 것을 보았다. 이때 그의 눈길은 막 나오는 뜨거운 눈물이 이상하게 고인 채 생각에 잠긴 굳고 우울한 표정으로 활기찬 바다의 히페리온[35]을 따르는 모습이었다. 그때 크래가르트는 슬픔을 지닌 사람처럼 보였다. 그렇다. 운명적으로 금지되지 않았더라면 크래가르트가 빌리를 사랑할 수 있었던 것처럼, 종종 우울한 표정은 부드러운 동경의 기미를 지니곤 했다. 그러나 이러한 표정은 덧없는 것이었다. 그것은 달랠 수 없는 모습으로 순간 주름진 호두를 닮은 양, 일그러지고 시들

---

35) Hyperion, (그리스신화) 나중에 아폴로와 동일시되었음.

어지며 후회의 모습을 보인다. 그러나 그는 이따금 그의 방향으로 오는 망루원을 미리 보고 가까이 왔을 때, 가이즈[36]와 같은 번쩍이는 이빨을 풍자적으로 드러내고 잠시 빌리를 곰곰이 생각하며 그가 지나가도록 길을 약간 비켜 주곤 했다. 그러나 보이지 않는 곳에서 갑자기 만났을 때는 그의 눈으로부터 빨간빛이 어두운 대장간으로부터 튀어나오는 불꽃처럼 빛나곤 했다. 빠르고 사나운 눈빛은 휴식 중에는 가장 연한 색조인 짙은 보랏빛과 흡사한 안구로부터 나오는 이상한 눈빛이었다.

빌리와 같은 사람이 이러한 교활한 함정을 틀림없이 목격했다고 하더라도 그들을 이해하지는 못했을 것이다. 빌리의 신체 조직은 어떤 경우 악이 무지한 순진성에 접근하는 것을 본능적으로 알려주는 그 같은 민감한 영적 구조와 조화를 이루지 않는다. 그는 종종 선임하사가 다소 이상한 태도로 행동한다고 생각한 것이 전부였다. 그러나 '지나치게 공손한 사람'에 대해 아직 들어 본 경험이 없는 젊은 수병은 이따금 볼 수 있는 솔직한 태도와 유쾌한 말을 사람들이 주장하는 대로 받아들였다.

망루원이 선임하사에게 악의를 자극할 만한 어떤 일을 행했거나 말의 의미를 알았다면 상황은 달랐을 것이다. 그의 통찰력이 날카로워지지 않았다면 순화되었을 것이다. 전과 마찬가지로 그는 순진할 뿐이다.

그는 다른 문제에서도 그랬다. 배에서 그의 위치가 접촉할 수 없었기 때문에 한 마디 말도 나누지 않은 두 하사관인 선창 하사

---

36) Guise(1550~1588), 불란서 공작 가문의 음모자.

관과 병기계가 우연히 빌리를 보자 눈길을 주었다. 이때 처음부터 시선을 보낸 사람들은 어떤 점에서 매수되었거나 본 사람에 대한 편견을 지닌 사람들이었다는 점을 확신케 하는 특이한 눈길을 보내기 시작했다. 빌리는 병기계, 창고 담당 하사관과 함께 선창 반장, 보급하사관, 약종상, 그리고 그러한 계급의 다른 사람들은 해군 관례상 선임하사의 비밀을 잘 들어 주는 사람으로 그의 식사 동료였다는 사실을 알고 있었지만 그것을 주목하거나 의심스러운 일로 생각하지 않았다.

그러나 질투심을 자극하는 정신적인 우월성을 보이지 않는 잘생긴 수병의 타고난 착한 성품과 종종 남자다운 솔직함으로 얻은 대중적 인기, 즉 대부분의 동료 수병들에 대한 호의적인 생각 때문에 빌리는 지금까지 이야기된 것처럼 드러나지 않아 전체적인 취지를 추정할 수 없는 그 같은 문제에 별다른 관심을 보이지 않았다.

후방 경계원에 대해서는 앞서 이야기한 이유 때문에 빌리가 그에 관해 별로 알지 못하지만 둘이 우연히 만났을 때, 반드시 그는 기분 좋게 곧 알아보고 흘리는 듣기 좋은 한두 마디를 종종 건넸다. 알 수 없는 젊은 사람의 본의가 진정 무엇이었든 그가 그러한 의도를 대신하는 사람이었든지, 이러한 경우, 그의 태도로 보아 그가 완전히 그것을 포기한 것은 분명했다.

그의 조숙한 사악성(모든 야한 악당들은 조숙하다)이 빌리를 한때 속인 듯했다. 그리고 얼간이로 함정에 빠뜨리려 했었던 그는 빌리의 순진함 때문에 수치스럽게 좌절된 듯했다.

그러나 영리한 사람들은 빌리가 후방 경계원에게 가서 배의 앞머리 밧줄이 있는 곳에서 갑자기 끝난 처음 대화의 의도를 알아보기를 거칠게 요구하지 않을 수 없었다고 생각할 수도 있다. 또한 영리한 사람들은 배에서 반항의 음모를 꾸미는 데 대한 밀사의 모호한 암시에 근거가 있다면 어떠한 것이었는지 알기 위해 빌리가 배에 강제로 징집된 다른 사람과 상의하는 것은 당연하다고 생각할 것이다. 그렇다. 영리한 사람들은 그렇게 생각할 수도 있다. 그러나 빌리버드와 같은 성격을 바르게 이해하기 위해서는 영리하고 민첩한 이상의 어떤 것이나 그 이상이 필요하다.

인간됨이 편집광적인 크래가르트에 관해 —그것이 진정 그렇다고 할지라도—시작부터 세부적으로 분명하게 우연히 드러났다고 하지만, 전체적으로 완벽주의적이고 합리적 행위로 덮인 지하의 불같은, 이 편집광은 내면을 점점 깊이 파먹어 들어가고 있다. 결정적인 어떤 것이 그것으로부터 필연적으로 나오게 마련이다.

18

빌리가 갑자기 끝낸 뱃머리 밧줄이 있는 곳에서의 알 수 없는 대화 이후, 지금부터 말하려는 이야기가 있기까지 특별히 이야기에 관련된 일은 없었다.

지중해 북쪽에 있는 영국 소함대에 구축함(물론 전함보다 나은 범선)이 부족한 때, 74 포문함대인 베리포텐트호는 정찰을 위해 대체 역으로 이용되었을 뿐만 아니라 종종 보다 중요한 파견임무를 띠기도 했다. 이는 배의 등급으로 흔치 않는 항해 능력 때문만은 아니었다. 훌륭한 선박에 포함된 자질 이외에, 예기치 못한 어려운 상황에서의 능력과 지식을 요하는 문제에 즉시 독창성을 발휘해야 하는 임무에 적합한 사령관의 특성 때문에 그렇다고 여겨졌다. 그것은 다소 먼 호위함에 대한 정찰임무였다. 함대로부터 가장 멀리 떨어진 오후 경계 마지막 무렵, 베리포텐트호는 적의 선박을 우연히 목격했는데, 그것은 범선으로 판명되었다. 망원경을 통해 인력과 무기의 양이 배에 치명적일 것이라는 것을 알아낸 범선은 길을 재촉해 정신없이 도망쳤다. 요행을 바라며 첫 번째 당직 중간 무렵까지 지속적으로 강행된 추적 끝에, 베리포텐드호는 확실히 그 배를 도망치게 하는 데 성공했다.

추적을 포기한 지 얼마 되지 않았고 그것에 따른 흥분이 채 가라앉기 전, 굴과 같은 곳으로부터 올라온 선임하사는 추적의 실패로 의심할 바 없이 안달하며 바람이 불어오는 뱃전을 외로이 걷는 비어 선장을 보기 위해 모자를 손에 쥔 채, 주 돛대 가까이에서 공손히 기다리고 있었다. 크래가르트가 서 있는 곳은 갑판 장교나 선장 자신에게 특별한 대담을 하려는 계급이 낮은 부하들에게 할당된 장소였다. 그러나 후자로부터 당시 수병이나 하사관들이 발언의 기회를 얻는 일은 흔치 않았다. 기존 관습에 따라 어떤 예외적인 이유가 있을 때만 정당하게 허락되었다.

생각에 몰두해 있던 사령관이 산책에서 고물 쪽을 돌다 크래가르트를 보았는데 그는 존경의 표시로 모자를 벗어 들고 있었다. 비어 선장이 하사관을 개인적으로 알기 시작한 것은 베리포텐트 호가 고국으로부터 마지막 항해를 하던 때이었고, 크래가르트가 선장을 처음 알게 된 당시는 그가 수리를 받기 위해 정박한 배에서 능력이 부족해 하선한 전 선임하사의 자리를 대신해 베리포텐트호로 옮겨 탄 때였다.

정중히 기다리고 있던 사람이 누구였는지 곧 알아차린 선장은 특이한 표정을 지었다. 그 표정은 비록 선장이 진정 알고 있다고 할지라도 완전히 알기에 충분한 시간이 흐르지 않은 어떤 사람을 만났을 때, 무의식중에 사람의 얼굴에 억누를 수 없이 스치는 듯한 그러한 표정이었다. 그러나 선장의 얼굴에는 처음부터 막연히 반감을 불러일으키는 어떤 모습을 띠고 있었다. 그러나 서서 말을 시작할 때 억양에 담긴 성급함을 제외하고는 상당히 능숙한 장교의 태도로 "자, 선임하사, 무슨 일이지?"라고 선장은 말했다.

나쁜 소문을 전하려는 필요 때문에 엄숙해진 부하의 태도와 양심적으로 솔직하지만 과장을 피하려는 결의에 찬 크래가르트는 이 말을 듣자 다소 짐을 벗은 듯 말을 하기 시작했다. 교육을 받지 못한 것도 아닌 그의 말은 전적으로 다음과 같은 것은 아니지만 취지는 이러했다. 적선에 대한 추적과 앞으로 적과 조우에 대한 준비 기간 동안에 그는 배에 승선한 최소한 한 수병이 최근의 중대한 문제에 나쁜 역할을 했을 뿐만 아니라 의심스러운 수병처럼, 징집되었다기보다 다른 형태로, 입대한 다른 사람들을 불러 모으는 위험한 인물이라고 확신을 할 만큼 알게 되었다는 것이다.

여기에서 비어 선장은 약간 짜증스럽게 말을 막으며 "똑바로 해, 이봐, 찍은 사람들을 말해."

크래가르트는 복종의 태도를 보이며 말을 이었다.

그는 (크래가르트) 아주 근래에 포열 갑판에서 문제가 된 수병의 어떤 움직임이 은밀히 진행되고 있었다는 것을 의심하기 시작했지만 분명하지 않는 한, 용의자를 보고하는 것은 정당치 못하다고 생각했다. 그러나 그날 오후 언급한 사람에 대해 관찰한 결과, 비밀리에 진행되고 있는 의심스러운 점이 확신에 가까울 정도에 이르렀다. 말할 필요조차 없었던 최근의 유별난 폭동—그는 그것을 슬픈 듯 말하였는데—을 감안해 볼 때, 모든 해군 사령관이 겪고 있는 본래의 불안감을 더하는 이외에, 깊이 연루된 개인에게 닥쳐올 중대한 문제를 보고하는 데 그는 심각한 책임감을 느꼈다고 덧붙였다.

그 문제가 처음 이야기되자, 놀란 비어 선장은 마음의 동요를 숨길 수 없었다. 그러나 크래가르트가 말을 계속하자 선장은 증언하고 있는 증언자의 태도 때문에 안절부절못하게 되었다. 그러나 그는 말을 가로막지 않았다. 말을 계속하던 크래가르트는 다음과 같이 결론을 지었다. "신이시여: 베리포텐트호는―의 경험을 하지 않도록 도와주소서!"

"그것까지 신경 쓰지 마!"라며 상관은 크래가르트가 이름을 대려던 배, 즉 노어의 폭동 때, 한동안 사령관의 목숨을 위태롭게 한 매우 비극적인 문제를 일으킨 배를 본능적으로 추측하며 화난 얼굴로 단호히 말을 끊었다. 그 상황에서 선장은 그의 의도적인 암시에 분개하고 있었다. 임관된 장교들 스스로도 함대에서 최근의 사건을 말하는 태도에서 모든 경우 매우 주의를 기울이고 있는 때, 한 하사관이 불필요하게 선장 앞에서 사건을 이야기하는 것은 상당히 불손하고 뻔뻔스러운 일로 그에게 충격을 주었다. 더욱이 그의 민감한 자존심에 비추어, 그것은 그를 놀래게 하려는 의도처럼 보였다.

처음에 선장은 자신이 지금까지 눈여겨보아 온 한, 임무에 대단한 재주를 보여 온 부하가 이 특이한 사항에 재간이 부족하다는 데 다소 놀랐다.

그러나 이러한 생각과 마음을 스치는 비슷한 의심스러운 생각은 분명치 않지만 그가 나쁜 소문을 받아들이는 데 실제 영향을 준 직관적 추측으로 갑자기 바뀌었다. 삶의 모든 다른 형태와 마찬가지로 비밀스러운 계략과 사람들이 일반적으로 알지 못하는 의심스러운 면을 지닌 복잡한 갑판 생활에 오래 익숙한 선장은 보고의 전체적인 취지에 부당하게 어려움을 겪지 않으려 했다.

더욱이 그는 최근 사건의 관점에서 반란이 재발하려는 초기에 즉각적인 조치를 취해야 하지만, 자신의 부하로 다른 일 중에서 승무원들에 대한 경찰 감시 역을 맡고 있는 보고자를 지나치게 신뢰해서 남은 불만을 되살아나게 하는 것은 사려 깊지 못한 일이라고 생각했다. 앞서 경우에서 크래가르트가 보여준 애국적인 열정이 선장을 다소 과민하고 긴장하게 보이는 것처럼 그를 약 오르게 하지만 않았었더라도 이러한 감정이 그를 압도하지는 않았을 것이다. 더욱이 세부적인 것을 밝히는 데 있어서 냉정하고 다소 뻔뻔스런 태도의 어떤 것은 선장이 대위였을 때, 비어 선장이 일원이었던 육지 군법회의 사형 사건에서 위증을 한 군악대원을 생각나게 했다.

말을 하려다 중단한 것에 대해 "최소한 위험한 인물이 승선했다는 말이지. 이름을 대!"라는 단호한 확인의 말이 크래가르트에게 주어졌다.

"선장님, 망루원, 윌리엄 버드입니다." "윌리엄 버드" "래트크리프 부관이 얼마 전 상선에서 데려왔는데, 부하들 사이에 인기가 있어, 소위, 잘생긴 수병, 빌리라고 불리는 젊은이 말이지?"라며 비어 선장은 깜짝 놀라 되풀이했다.

"맞습니다. 선장님. 그러나 그는 발랄함과 훌륭한 용모에도 불구하고 음흉한 녀석입니다. 그가 동료 수병들에게 호의를 보이는 것은 이유가 없는 것도 아닙니다. 최소한 동료들은 궁지에서도—모

든 승무원들이 그렇듯 ─ 그에게 듣기 좋은 말을 합니다. 모든 위험
에서도 그러합니다. 빌리가 징집되었을 때 상선 선미에서 쾌속범
선 뱃머리로 솜씨 좋게 몸을 날려 뛰어오르는 것에 대해 래트크리
프 부관이 선장님께 말씀드렸지요? 그가 징집을 마음속으로 분개
하는 것을 익살로 위장한 것입니다. 선장님께서 그의 잘생긴 뺨을
분명 보셨지요? 인간의 함정은 번지르르한 외형 밑에 있습니다."

승무원 중에서 유별나게 잘생긴 수병은 처음부터 자연 선장의
관심을 끌기에 충분했다. 장교들에게 대체로 감정을 아주 노골적
으로 드러낸 것은 아니지만, 빌리는 인간타락 이전의 젊은 아담
의 조상(彫像)을 위하여 나체로 포즈를 취했을지도 모를 인종의
훌륭한 본보기와 같은 그러한 배를 우연히 타게 된 행운을 얻은
데 대해 래트크리프 부관에게 축하의 말을 했다. 징집담당 부관
은 선장에게 빌리의 라이츠 ─ 어브 ─ 맨호에 대한 작별의 광경을
바르게 보고했지만 더할 나위 없이 좋은 이야기로 공손하게 보고
했다. 선장은 그것을 풍자적인 재담으로 잘못 이해했다고 할지라
도 군인다운 수병으로 임의 징집을 아주 즐겁고 분별 있게 받아
들일 수 있었던 마음을 칭찬하며 이 때문에 징집된 빌리를 더욱
좋게 생각했다. 망루원의 행위는 선장이 주목해 온 한, 처음에 좋
게 생각한 추측과 같았다. 한편 수병으로서 빌리의 자질은 선장
이 나이가 들어 그 자리에 적합하지 않다고 여긴 사람을 우현 당
직으로 대신케 하며 빌리를 자주 볼 수 있는 뒤 돛대 조장의 자
리로 승진시키라고 부함장에게 추천하려고 생각할 만큼 훌륭했
다. 뒤 돛대 조장들은 주 돛대나 앞 돛대 위에 있는 아래 돛과

같은 넓고 무거운 돛을 다룰 필요가 없기 때문에 바른 품성을 지닌 젊은이라면 임무에 아주 적합할 뿐만 아니라 실상 그 장루의 조장으로 선발되는 것이다. 또한 그 밑에 있는 동료들은 손재주가 좋고 종종 풋내기들이라는 점을 여기서 밝혀야 한다. 요약해서 비어 선장은 처음부터 빌리버드를 당시 해군 전문용어로 '훌륭한 흥정'이라 불리는 것으로 생각했다. 다시 말해서, 영국 제국함을 위하여 투자 자본이 적거나 전혀 들지 않는 것이다.

잠시 쉬는 동안 위에서 이야기된 생각들이 그의 뇌리를 생생하게 지나쳤다. 그는 번지르르한 외형 밑에 숨은 함정이라는 구절에 담겨진 크래가르트의 마지막 말의 의미를 생각해 보았다. 생각하면 할수록 그는 밀고자의 진의를 믿을 수 없었다. 잠시 이러한 생각을 한 후, 선장은 갑자기 그에게 몸을 돌려 낮은 목소리로 "선임하사, 그렇게 분명치 않은 이야기를 가지고 나한테 왔나? 그에 대하여 전체적으로 비난하고 있는 것에 대한 확증적 행위나 드러난 말을 해 봐. 어서." 선장은 그에게 가까이 가면서 "이제 말하는 것 주의해. 이 같은 사건에서 위증하면 돛 가름대에 매달아."라고 말했다.

"아~, 선장님"이라며 지나치다 싶을 만큼 가혹한 어조를 슬프게 탄원하는 태도처럼 그는 잘생긴 머리를 부드럽게 흔들며 말했다. 그리고 그는 점잖은 자기 확신의 태도처럼 자제하면서 몸을 세우고, 빌리를 전체적으로 믿었다고 할지라도 결정적으로 버드를 비난하는 생각을 갖게 된 분명한 말과 행동을 자세히 설명했다. 이러한 확신에 대한 증거를 대는 일은 어렵지 않다고 덧붙였다.

크래가르트의 냉정한 보랏빛 눈을 바닥까지 꿰뚫어 보려는 성마르고 불신에 찬 재색 눈빛을 띤 선장은 그가 말한 것을 끝까지 듣고 한동안 생각하면서 서 있었다. 그때 다른 사람의 눈길에서 벗어난 크래가르트가 보여준 기분은 묘사하기 어려운 모습으로 책략의 효과를 알고 싶어 하는 표정이었다. 말하자면, 그는 어린 요셉의 피 묻은 코트를 난처한 족장에게 덮어씌우려는 야곱의 질투심 많은 자녀들의 대표자와 같은 표정이었다.

비어 선장의 도덕적 특성은 어떤 사람과의 진지한 만남에서 그 사람의 본성을 밝혀내는 시금석이 되고 있다. 그러나 크래가르트의 내면에서 어떤 것이 실제로 진행되고 있었는지 선장의 감정은 직관적으로 확신을 갖기보다 이상한 불확신으로 마음이 무거워진 채 강한 의심만이 남아 있었다. 그가 보여준 당황하는 모습은 밀고당한 사람과 관계된 어떤 점 —크래가르트가 의심할 바 없이 생각하듯 —으로부터 나왔다기보다 오히려 알리는 사람의 관점에서 최대한 잘 행동하려는 사려 깊은 생각으로부터 나온 것이었다. 처음에 선장은 정말로 크래가르트가 바로 입증할 수 있다고 말한 사실을 당연히 알아보려는 참이었다. 그러나 그는 그러한 절차는 문제를 즉시 알려지게 하는 결과를 가져오고 현 상황에서 그것은 배의 동료들에게 바람직하지 않은 영향을 줄 것이라고 생각했다. 만일 크래가르트가 위증자라면 그것으로 문제는 끝날 것이다. 그러므로 죄를 심리하기 전 그는 우선 기소자를 실제 알아보려고 했다. 그는 이것을 조용히 드러나지 않는 방식으로 할 수 있다고 생각했다.

그는 장소를 바꾸는 일, 즉 넓은 갑판보다 눈에 띄지 않는 곳으로 옮기는 것에 관한 대책을 정했다. 비어 선장이 갑판의 바람이 불어오는 쪽으로 산책을 할 순간 그곳에 있던 몇 명의 하급장교들이 해군의 바른 예의에 따라 바람이 불어 가는 쪽으로 물러났고, 크래가르트와의 대화 동안 물론 그들은 감히 거리를 좁히지 않았으며, 대화 동안 줄곧 비어 선장의 목소리는 낮고 크래가르트의 목소리는 또렷하지만 낮았으며, 삭구와 바닷물 소리 때문에 그들이 더욱 들을 수 없게 되었었다고 할지라도, 오래 지속된 대화는 최전방이나 갑판 중앙에 있는 다른 수병들과 높이 있는 망루원들의 관심을 끌기에 충분했을 것이다.

방침을 정했기 때문에 선장은 곧 조치를 취했다. 갑작스럽게 크래가르트에게 몸을 돌리며 "선임하사 버드가 망루 당번인가?"

"아닙니다." 그래서 선장은 "윌키즈! 앨버트를 오라고 해."라고 가장 가까이에 있는 후보생을 부르며 말했다. 앨버트는 선장의 침구 당번이자 시종으로 선장이 그의 신중함과 충성을 상당히 신임하였다. 그 청년이 나타났다.

"자네 망루원 버드 알지?"

"예, 선장님."

"가서 찾아봐. 비번이야.""고물에서 그를 찾고 있다는 것을 다른 사람이 듣지 못하도록 그에게만 말해. 자네가 직접 말해. 그를 찾고 있는 장소가 선실이라는 것을 자네가 이곳 고물에 완전히 도달할 때까지 그에게 알리지 마. 알았지. 가. 선임하사는 밑 갑판에 가 있어. 그리고 앨버트가 그와 함께 올 시간이라고 생각될 때 그 수병을 따라 들어와 조용히 옆에 서 있어."

19

망루원은 자신이 선장과 크래가르트와 함께, 말하자면, 선실에 격리된 것을 알고 매우 놀랐다. 그러나 그것은 불신이나 두려움 때문에 나온 놀람은 아니었다. 본성이 정직하고 인간적으로 미숙한 사람은 어떤 사람의 특성으로부터 나온 교묘한 위험을 느낀다고 할지라도 더디다. 젊은 수병의 마음에 가닥이 잡힌 것은 다음과 같을 뿐이다. 그렇다. 나는 선장님이 나에게 늘 친절히 대해 주신다고 생각했다. 그가 나를 키잡이로 자리를 주실 것인지 궁금하다. 그렇기를 바란다. 아마, 선장님은 나에 대하여 선임하사에게 물어보실 것이다.

"보초, 거기 문 닫고 밖에 서 있어. 그리고 아무도 들어오지 못하게 해. 자, 선임하사, 자네가 나에게 말한 것을 이 사람 앞에서 말해 봐."라고 선장이 말했다. 선장은 서로 바라보고 있는 사람들의 얼굴을 살펴보았다.

크래가르트는 여러 사람이 모인 복도에서 발작의 조짐을 보이는 환자에게 다가서는 정신병동 의사의 침착한 태도와 팔자걸음으로 빌리에게 의도적으로 가까이 갔다. 그리고 그는 그를 최면을 걸듯 노려보면서 잠시 죄를 요약했다.

처음에 빌리는 그것을 이해하지 못했다. 그가 그것을 이해했을 순간, 햇볕에 탄 그의 뺨은 흰 나병으로 그렇게 된 것처럼 창백해 보였다. 그는 진퇴양난의 처지에서 재갈이 물린 사람처럼 서 있었다. 한편 팽창된 파란 눈으로부터 아직 눈을 떼지 않고 있는 기소자의 눈은 특이하게 변해 평소 선명한 보랏빛에서 진흙 같은 자줏빛으로 흐릿해졌다. 인간적인 표정을 잃은 지성의 빛이 깊은 곳에 목록에 있지 않은 생명체의 이상한 눈빛처럼 차갑게 빛나고 있었다. 처음에 최면을 거는 듯한 눈길은 뱀의 홀림과도 같았고 마지막은 전기메기의 마비시키는 듯한 눈길이었다.

크래가르트의 모습에서라기보다 선장의 태도로 충격을 받아 꼼짝 못하고 있는 빌리버드에게 비어 선장은 "말해 봐! 말해, 자신을 변론해!"라고 말했다. 그 말에 빌리는 꾸욱 소리를 내거나 몸짓을 하며 이상하게 말을 하지 못했다. 경험이 없는 이 청년에게 그 같은 갑작스러운 기소에 대한 놀라움과 기소자의 눈빛의 두려움 때문에 그의 숨겨진 결함이 나타났다고 볼 수 있다. 이 경우 일시 발작적으로 말을 하지 못하는 증세는 더해진다. 한편 빌리는 자신을 옹호하여 말하라는 명령에 진지하게 따르지 못하는 고통 속에서, 앞쪽으로 뒤틀려진 몸통과 숙인 머리는 생매장되는 순간, 막 숨이 막힐 때 애쓰는 기소된 수녀의 표정과 같았다.

그때 비어 선장은 빌리가 음성 장애를 일으키는 성향이 있다는 것을 전혀 모르고 있었지만 즉시 그것을 꿰뚫어 보았다. 빌리의 모습은 선장이 그의 급우 중 나이 어린 총명한 학생이 선생님이 제시한 시험문제에 제일 먼저 벌떡 일어나 답하려다 똑같이 놀라운 장애로 고통을 겪는 것을 보았던 장면을 생생하게 상기시켰기 때문이었다. 그는 젊은 수병에게 가까이 다가가 위로하듯 손을 어깨 위에 놓으며 "이봐, 서두를 것 없어, 천천히 해, 천천히"라고 말했다. 의도된 효과와는 달리 의심할 바 없이 빌리의 마음에 깊은 감동을 준 아버지와 같은 이 말은 빌리가 말하고 싶어 하는 노력을 더욱 강하게 자극시켰다. 그러나 노력은 잠시 그의 성대 마비를 확인하는 결과를 가져왔다. 그의 얼굴은 십자가에 못 박히는 것 같은 그런 표정이었다. 다음 순간 밤에 발사된 대포에서 나온 불꽃처럼 재빨리 그의 오른팔이 뻗었다. 그리고 크래가르트는 갑판에 쓰러졌다. 의도적이었는지 또는 젊은 운동선수의 우수한 신장 때문이었는지 일격은 선임하사의 잘생기고 지적인 모습의 이마를 정통으로 맞혔다. 그래서 몸통은 똑바로 선 무거운 판자가 기울듯 길게 반듯이 쓰러졌다. 그는 한두 번 숨을 헐떡이다 꼼짝 않고 있었다.

"불쌍한 애야. 일을 저질렀구나! 자, 나를 돕거라."라고 비어 선장은 속삭이듯 낮은 목소리로 한숨을 쉬며 말했다.

두 사람은 쓰러진 사람의 허리를 잡고 앉은 자세로 일으켜 세웠다. 야윈 형체는 유연하게 따랐지만 무기력했다. 그것은 마치 죽은 뱀을 다루는 것과 같았다. 그들은 시체를 뒤로 뉘였다. 다시 몸을 편 선장은 한 손으로 얼굴을 가리고 발치에 있는 물체처럼 무감한 모습으로 서 있었다. 그는 사건의 모든 관계를 검토하고 지금 당장만이 아니라 가장 시급하게 해야 할 일을 찾는 데 골몰하고 있었던가? 천천히 그는 가려진 얼굴을 드러냈다. 그 모습은 마치 기울어졌다 나타나는 달이, 숨어들기 전과 전혀 다른 모습으로 다시 나오는 것처럼 보였다. 그 장면에서 빌리에 대해 그렇게까지 보여주었던 그의 마음의 부성은 군사적인 규율주의자의 엄격함으로 바뀌었다. 그는 공식적인 말투로 선수루원에게 특별실(그곳을 가리키며)로 물러가 그곳으로부터 부름을 받을 때까지 기다리고 있으라고 명했다. 빌리는 말없이 명령을 따랐다. 비어 선장은 선미 갑판 위에 열린 선실문으로 가면서 밖에 있는 보초에게 "이곳으로 앨버트를 불러와!"라고 말했다. 그 소년이 나타났을 때 선장은 그가 쓰러진 선임하사를 보지 못하도록 해야 한다고 생각했다.

"앨버트, 의사에게 내가 보자고 해. 너는 부를 때까지 돌아올 필요 없어."

어느 것도 당황케 할 수 없을 만큼 진지한 감각과 경험으로 균형이 잡힌 의사가 들어왔을 때 선장은 무의식적으로 그가 크래가르트를 보지 못하도록 앞으로 나아가 그를 맞이했다. 그리고 선장은 의사의 의례적인 인사를 막고 엎드려 있는 사람에게 시선을 던지며 "저 사람 상태가 어떤지 말해 봐."라고 말했다.

의사는 보고 난 후, 자제심에도 불구하고 갑작스럽게 드러난 사실에 다소 놀랐다. 늘 창백한 크래가르트의 얼굴에는 코와 귀로부터 짙은 검은 피가 흐르고 있었다. 전문가의 눈으로 그가 본 것은 분명 산 사람이 아니었다. 그를 의도적으로 주시하면서 "그런가?"라고 비어 선장이 말했다.

"그렇다고 생각했지만 확실합니다." 일상적인 진찰로 의사는 처음 본 것을 확인했고 솔직하게 걱정하며 상사에게 강한 의심의 눈길을 보였다. 비어 선장은 한 손을 이마에 대고 꼼짝 않고 서 있었다. 선장은 갑자기 의사의 팔을 충격적으로 잡고 시체를 가리키면서 "자! 아나니아[37])에 대한 신의 심판이다!"라고 외쳤다.

베리포텐트호 선장에게서 전에 결코 보지 못한 흥분한 태도 때문에 아직 문제에 대해 전혀 알지 못하는 신중한 의사는 그럼에도 불구하고 다시 마음의 평온을 찾았다. 그리고 어찌해서 그런 비극적 결과가 일어나게 되었는지 진지하게 질문하는 듯한 표정을 지었다.

그러나 선장은 생각에 몰두한 채 꼼짝 않고 있었다. 그는 다시 벌떡 일어나면서 "신의 천사에 의해서 맞아 죽었다! 그러나 천사도 죽어야 한다!"라고 외쳤다.

앞서의 문제에 대해 아직까지 아는 바가 없이 듣고 있던 의사는 앞뒤가 맞지 않는 이 열렬한 외침 때문에 마음이 아주 혼란스러웠다. 그러나 이제 안정을 찾은 듯 비어 선장은 그 사건에 이르게 된 상황을 침착한 음성으로 간략하게 말하기 시작했다. 그는 망루원이 투옥되어 있는 쪽, 반대편 구역을 가리키며 "그러나 보게. 신속히 처리해야 해. 내가 그를(시체를 의미하며) 저 너머 구역으로 치우도록 돕게."라고 그는 말을 덧붙였다. 비밀스럽기를 바라는 듯한 이해할 수 없는 이상한 요구로 다시 당황한 부하는 명령을 따르지 않을 수 없었다.

비어 선장은 익숙한 태도로 "자, 가자, 가. 내가 곧 군법회의를 소집하겠다. 부관들에게 일어난 것을 말해. 그리고 모오던트(해군의 대령을 의미함)에게도 말해. 그리고 그들이 문제를 퍼트리지 않도록 해."라고 말했다.

---

37) Ananias, 성경 사도행전에 나오는 사탄.

20

불안과 오해로 가득 찬 의사는 선실을 떠났다. 비어 선장은 갑자기 정신 이상이 생긴 것인가? 혹은 아주 이상하고 특이한 비극으로 생긴 일시적 흥분인가? 군법회의에 관해 의사는 그 이상은 아니라도 사려 깊지 못한 것으로 생각했다. 할 일은 빌리버드를 구금시키고 관례에 지시된 방법을 따르는 것이다. 그러한 특이한 사건에서 그 이상의 조치는 그들이 함대와 합류하기까지 연기해서 제독에게 보고해야 한다고 생각했다. 그는 정상적인 태도와 전혀 다른 비어 선장의 유별난 동요와 흥분한 외침을 생각해 보았다. 선장님이 정신이 나갔나?

그가 그렇다고 하지만 그것을 입증할 수 없다. 그때 의사는 무엇을 할 수가 있을까? 진정 그가 미치지 않았나 의심스럽지만 지적 활동에서 전혀 미치지 않은 것도 아닌 선장 밑에 예속된 장교의 입장보다 고통스러운 상황은 없을 것이다. 그가 명령에 이의를 제기하는 일은 건방진 일이다. 그에게 저항하는 것은 반란이다.

그는 선장의 정신 상태에 대해 아무 말도 하지 않고 비어 선장의 명령에 따라 일어난 일을 갑판사관들과 대령에게 전했다. 그들은 그의 놀람과 걱정에 공감했다. 그와 마찬가지로 그들은 그러한 문제는 제독에게 이첩되어야 한다고 생각하는 듯했다.

21

누가 무지개의 어느 부분에서 보랏빛이 끝나고 오렌지 빛이 시작되는지 선을 그을 수 있을까? 분명히 색이 다른 것은 알고 있다. 그러나 어디서 정확히 전자가 처음 후자 속으로 섞여 드는가? 정신이상과 제정신도 그와 마찬가지이다. 분명한 경우에 그들에 대한 문제는 없다. 그러나 여러 면에서 분명치 않은 어떤 가정의 경우, 상당한 정도의 사려에 맞는 보수를 받는 전문가는 할 수 있지만 정확한 경계선을 그을 수 있는 사람은 거의 없을 것이다. 단지 보수를 위해서 그것을 하려 하거나 떠맡으려는 그런 사람들을 제외하고는 아무도 없을 것이다.

의사가 개인적으로 직업적인 관점에서 추측했듯 선장이 이탈에 어느 정도 갑자기 가담하게 되었는지 어떤지는 이야기가 전하는 견지에서 각자 스스로 결정해야 한다.

이 불행한 사건이 최악의 시기에 발생했다는 것은 너무 분명하다. 그것은 폭동이 진압된 후 바로 이어진 사건으로 모든 영국 해군 사령관들로부터 쉽게 용인될 수 없는 두 가지 기질―신중함과 엄격함―을 요하는 해군 당국에 아주 치명적이었기 때문이다. 더욱이 그 경우 결정적인 어떤 점이 있었다.

베리포텐트호 선상 사건의 전후 상황을 왜곡시키는 점에서, 그리고 사건을 공식적으로 판결해야 했던 군법의 관점에 비추어 볼때, 크래가르트와 버드에게 부여된 죄와 무죄는 사실상 입장이 바뀌었다. 법적인 면에서 비극적인 사건의 외형상의 희생자는 죄 없는 사람을 희생시키려 했던 사람이었다. 해군의 견지에서 후자의 뚜렷한 행위는 가장 나쁜 군사적 범죄가 된다. 그러나 문제는 더 있다. 사령관이 미흡한 근거로 문제를 결정하지 못하도록 규정되어 있기 때문에 그 문제에 관련된 근본적인 시시비비가 분명하면 할수록 충성스러운 해군 사령관의 책임은 그만큼 불리해진다.

일반적으로 결단력이 있는 사람이지만 베리포텐트호 선장이 신속함보다 신중함이 필요했다고 느낀 것은 약간 의아스러운 일이었다. 앞으로 일에 대해서 세부적으로 결정하기까지, 그리고 진행되고 있는 문제에 결정적인 방안이 있기까지, 그는 모든 상황의 관점에서 가능한 한 알리지 않는 것이 바람직하다고 생각했다. 여기에서 그는 잘못을 했을지도 모르고 그렇지 않았을지도 모른다. 하지만, 한두 곳 이상의 병기창이나 선실의 은밀한 이야기에서 그는 계속적으로 적지 않은 비난을 받고 있음이 분명하다. 그런데 그것은 친구들이나 그의 사촌인 잭 댄톤이 스타리 비어를 직업적으로 극성스럽게 질투한 데서 나온 일이다. 비위에 거슬리는 이야기에는 상상적인 것에 근거를 둔 것도 있었다. 사건에 대한 모든 정보를 잠시 살인이 일어난 장소인, 후갑판 선실로 한정시키는 일, 즉 문제에 대한 비밀을 유지하는 일, 말하자면, 이 특이한 문제는 야만인 피이터가 세운 수도에서 한 번 이상 발생했던 궁중비극에서 채택된 정책과 유사한 점이 깃들어 있었다.

그 사건은 베리포텐트호 선장이 배가 소함대와 합류해서 문제를 제독의 판단에 넘길 때까지 망루원을 죄인으로 간주하기보다 그것에 관련된 것은 무엇이든 어떤 조치를 미루고 싶어 했을 성질의 것이었다. 그러나 진정한 군인다운 장교는 하나의 특이한 면에서 진정한 수도승과 같다. 후자가 자포자기하여 수도자적 복종의 약속을 깨뜨리지 않으려는 것처럼 전자는 군인의 임무에 충성하려는 약속을 깨뜨리려 하지 않는다.

빠른 조치가 취해지지 않는다면 망루원의 행위가 갑판에 곧 알려지게 되고 그것이 승무원 사이에 노어 반란의 잠자는 불씨를 일깨울 수 있다고 생각한 선장은 사건을 긴박하게 인식하고 모든 다른 생각을 배제했다. 양심적인 규율주의자였지만 선장은 단지 권위 자체만을 위해 권위를 사랑하는 사람은 아니었다. 그는 위험스런 도덕적인 책임을 혼자 독단적으로 떠맡지 않지만, 적어도 같은 장교와 부하들과 함께 나눌 수 있거나 또는 상급 장교에게 적절히 이첩할 수 있는 것을 독단적으로 떠맡을 사람은 전혀 아니었다. 그는 자신이 궁극적인 책임을 맡을 사람으로서 필요한 때에 공식적 혹은 비공식적으로 이의를 제기하며 자신이 사건에 대한 감독과 유지 권리를 행사할 수 있는 약식 법정에 그 문제를 넘기는 것은 관례에 벗어나지 않을 것이라고 생각하며 기뻐했다. 따라서 약식 법정이 간략하게 소집되었다. 그는 법정을 구성하는 사람들: 갑판사관, 대령, 항해장을 선발했다. 한 수병이 연루된 사건에 대령을 갑판사관, 항해장과 관련시킨 데에 선장은 아마 일반적인 관례를 벗어났을 것이다. 그 외에 선장은 그 장교를 판단력 있고 사려 깊으며 과거 경험상 전례 없는 어려운 사건을 맞잡고 싸울 수 있는 사람이라고 생각하며 고무되었다. 그러나 그에게조차 잠재된 실수가 없는 것도 아니었다. 그는 극히 마음 좋은 식도락가로 잠을 잘 자며 뚱뚱한 편으로 전쟁에서는 남자다운 면을 보여주지만 비극적인 문제와 관련된 도덕적인 어려움에서는 완전히 믿을 만한 사람이 못 되었기 때문이다. 갑판사관이나 항해장에 대해 비어 선장은 그들이 때에 따라 남들이 인정하는 용맹성을 보이는 정직한 사람들이지만 지적 능력은 활동적인 선박조종술의 문제나 그들의 직업적인 전투의 필요에 제한되었다고 느끼지 않을 수 없다. 재판은 불행한 사건이 일어난 장소인 선실에서 열렸다. 선장실로 이용되는 이 선실은 선미루[38] 밑에 모든 구역을 둘러싸고 있다. 선미와 그리고 양쪽에는 작은 특별실이 있었다. 하나는 일시적인 감옥으로 이용되고 다른 하나는 시체 임시 안치소이다. 그리고 하나의 좀더 작은 구역은 배의 들보와 같은 긴 장방형 안으로 앞으로 뻗어 나가며 사이에 남겨진 공간이다. 적당한 크기의 채광창이 머리 위에 있고 장방형 공간의 양쪽 끝에는 작은 포를 쏘기 위해 쉽게 나팔꽃 모양의 구멍으로 바꿀 수 있는 새시로 된 두 개의 창이 있다. 모든 것이 신속히 준비되었기 때문에 빌리버드는 심문을 받았다. 비어 선장은 사건에 유일한 증인으로서 필요에 따라 나타났다. 그는 분명 사소한 문제에서는

---

38) 배 끝에 만들어 놓은 약간 높은 단.

함장으로서의 지위를 독특히 유지했지만, 증인으로서 일시적으로 지위를 낮추었다. 즉, 그는 재판관들이 바람을 등지고 앉게 할 그러한 목적으로 바람을 맞으며 증언을 했다. 그는 간결하게 크래가르트가 기소한 어떤 부분도 생략치 않고 죄수가 비난받던 점을 증언하면서 끔찍스러운 사건에 이르게 된 모든 상황을 이야기하였다. 이 증언에서 세 명의 장교들은 크래가르트가 말한 폭동의 의도나 빌리가 저지른 분명한 행위에 의심받을 만한 사람이 못됐던 빌리버드를 매우 놀라는 눈으로 바라보았다. 재판의 주도권을 쥐고 있는 갑판사관이 죄수에게 몸을 돌려 "비어 선장님께서 말씀하셨다. 비어 선장님이 말씀하신 대로인가, 그렇지 않은가?"라고 말했다. 대답을 할 때, 말은 예상했던 대로 적지 않게 더듬거렸다. 그것은 이러했다.

"비어 선장님은 진실을 말씀하셨고, 그것은 비어 선장님이 말씀하신 대로입니다. 그러나 선임하사님의 말과는 다릅니다. 나는 왕께서 하사하신 빵을 먹고 지내 왔습니다. 그래서 나는 왕께 충실합니다."

"자, 난 자네 말을 믿어."라고 이야기하지 않았더라면 드러나지 않았을 억압된 감정을 드러내는 듯한 목소리로 증인은 말했다.

"선장님! 말씀해 주셔서 정말 감사합니다. 신의 축복이 있으시길 빕니다!"라고 빌리가 더듬거리며 말했다. 그 후 그는 울음을 터트릴 뻔했다. 그러나 곧바로 다른 질문을 받자 자제력을 다시 찾았다. 그 질문에서도 같은 정서적인 어려움을 겪으며 "아닙니다. 둘 사이에 악의는 없었습니다. 나는 선임하사에 대해 악의를 품지 않았습니다. 그가 죽은 것은 유감입니다. 나는 그를 죽일 의도는 없었습니다. 내가 말을 할 수 있었더라면 그를 때리지 않았을 것입니다. 그러나 그는 악하게 선장님이 계신데 저에게 거짓말을 했습니다. 그래서 내가 어떤 말을 해야 했지만 말 대신 때렸습니다. 신이여 도와주옵소서!"라고 말했다.

꾸밈없이 말하는 사람의 격렬하고 솔직한 태도로 재판원들은 비극적인 사건에 대한 선장의 말에 이어 빌리가 폭동의 의도를 침착하게 부정하자, 얼마 전 그들을 당황하게 했던 말—"나는 자네 말을 믿네."라는 선장의 말에 포함된 모든 것을 확인했다.

다음은 빌리가 배의 동료들 사이에서 유포되고 있던 문제의 발단(분명한 말은 피해졌다고 할지라도 폭동을 의미하는)에 대한 기미를 알고 있었는지, 혹은 의심하였는지가 질문되었다.

대답은 우물거렸다. 재판관들은 이러한 사실을 전에 대답에 응하지 못하고 더디게 한 것과 같은 발성장애 탓으로 자연스럽게 이해했다. 그러나 지금은 전체적으로 상황이 달랐다. 질문 즉시 빌리는 마음속으로 뱃전에 밧줄 있는 곳에서 후방 경계원과의 이야기를 생각했다. 그러나 동료 수병을 나쁘게 보고하려는 고발자의 역할을 하는 데 대한 타고난 반감—충성스러운 함대의 부하로서 보고하는 것이 임무라고 할지라도, 당시 문제를 보고하는 데 방해가 되었던 타고난 도의심을 그르친다는 생각과 그를 고발하여 입증을 하려는 경우 실패한다면 가장 무거운 형벌을 받게될 것이라는 생각—이 아무것도 음모되지 않았다는 현재의 순진한 생각과 함께 마음을 억눌렀다. 대답은 부정적이었다.

"질문 하나만 더 한다. 선임하사가 자네에 대해 나쁘게 말한 것이 거짓말이었다고 자네가 말했다. 그렇다면 너희들 둘 사이에 악의가 없다고 말했는데, 왜 그는 그렇게 거짓말을 해야 했는가? 그것도 악의적으로?"라고 처음으로 대령이 고뇌에 찬 진지한 태도로 말했다.

빌리의 생각으로 완전히 알 수 없는 정신적인 영역에 대한 무의식적인 질문에 쉽게 상상할 수 있듯이 빌리는 바라보고 있는 사람이 생각하기에 감추어진 죄를 무의식중에 드러낸다고 볼 수 있는 당황한 표정을 보이며 난처해했다. 그는 대답하려 했지만 하지 못한 채, 곧 가장 훌륭한 조력자이자 친구로 생각하는 듯한 비어 선장에게 호소하는 듯한 눈길을 보냈다. 잠시 앉아 있던 비어 선장은 일어서며 질문자에게 말했다.

"자네가 그에게 한 질문은 당연하다. 그러나 그가 어떻게 그것을 옳게 대답할 수 있겠는가? ─딴사람─만일 저 안에 있는 그가 아니라면?"이라고 시체가 누워 있는 구역을 가리키며 선장은 말했다.

"그러나 거기에 엎드린 자는 불러도 일어나지 않을 것이다. 자네가 한 질문이 내게는 구체적인 듯하다. 그러나 군법회의는 현재의 경우 선임하사를 자극한 상상할 수 있는 동기나 때리게 자극한 것과는 관계없이 관심은 때린 결과에 두어야 하고 그 결과는 공정하게 때린 자의 행위만을 고려해야 한다."

완전히 이해했다고 보기에 어려운 말의 의미 때문에 빌리는 말하는 사람에게 질문을 원하는 듯한 표정을 지었다. 이 말 없는 표정은 순한 혈통의 개가 주인에게 자신의 지적인 능력에 애매한 앞서의 제스처에 대한 설명을 선장의 얼굴에서 찾는 듯한 모습이었다. 그러한 표정은 세 명의 장교들 중, 특히 대령에게 말과 똑같이 뚜렷한 영향을 미쳤다. 그 표정은 장교들에게 빌리가 심리전 판결과 관련해서 예상치 못한 의미했다는 것을 암시하는 듯했다. 그것은 앞서 충분히 보여준 정신적인 동요를 더할 뿐이었다.

대령은 즉시 그의 동료와 비어 선장을 향해 의심스러운 말투로 다시 한번 말했다.

"아무도 없어, 누군가 있어야 되겠지만 이 문제에 신비하게 남아 있는 것에 측면적 견해를 제시해 줄 동료는 없다."

"그것은 사려 깊은 질문이다. 당신의 취지는 알고 있다. 아, 불가사의는 있지. 그것은 성서적 표현으로 '사악함의 신비'이다. 심리적 신학자가 논해야 할 문제이다. 그러나 군법정에서 무엇을 해야 한다는 말인가? 저 너머에 있는 그가 영원히 말을 하지 않기 때문에 그에 대해 조사한다는 것이 불가능하다는 점은 덧붙일 필요가 없다. 우리들은 죄인의 행위만을 다루어야 한다."라고 선장은 영안실을 다시 가리키며 말했다.

특히 마지막으로 되풀이된 이 질문에 어떻게 적절히 대답해야 할지 모르는 그 수병은 애석하게 아무 말도 하지 못했다. 처음부터 법정에서 자연스럽게 주도권을 쥐고, 비어 선장으로부터 말보다 효과적인 눈길로 강요적인 지시를 받은 부관은 주도권을 행사했다. 그는 죄수에게 몸을 돌리며, "버드, 할 말이 있으면, 지금 해."라고 말했다.

여기에서 젊은 수병은 비어 선장 쪽으로 재빨리 또 다른 눈길을 보냈다. 그리고 그는 선장의 모습으로부터 침묵이 가장 좋을 것이라는 자신의 본능적 확신을 암시라도 받은 듯 "저는 모든 것을 말씀드렸습니다."라고 부관에게 대답했다.

선임하사에 이어 망루원이 그곳에 들어왔을 때 선실문 밖에서 재판 과정 동안 망루원 가까이에 서 있던 보초병은 빌리를 죄수와 관리자에게 배당된 후방 지역으로 데려가도록 명령받았다.

두 사람이 눈에서 보이지 않자 빌리의 순진성과 관련된 정신적 긴장에서 조금 풀려난 세 명의 장교들은 의자에서 움직였다. 그들은 즉시 판결을 내려야 한다고 생각하면서 결정을 내리지 못한 난처한 표정을 보였다. 비어 선장은 무의식적으로 그들에게 등을 돌린 채, 분명 정신 나간 듯한 흥분 속에서 잠시 멈추어 새시가 달린 총구로부터 바람을 받으며 황혼이 깃든 단조롭고 공허한 바다를 바라보고 있었다. 그러나 법정에 지속되던 침묵이 낮고 진지하게 상의하는 소리로 잠시 깨어졌다. 그런데 이 점이 선장을 자극시키고 힘을 불어넣어 주었다. 그는 비스듬한 선실을 이리저리 돌아다녔다. 말하자면, 선장은 바람 불어 가는 쪽으로 기울어진 배의 갑판을 돌아 바람이 불어오는 쪽으로 올랐다. 이는 바람이나 바다와 같은 강한 원시적인 본능에 대항하는 것일지라도 어려움을 극복하려는 단호한 마음을 행동으로 보여준다는 것을 선장은 알지 못했다. 곧바로 세 사람 앞에 선 선장은 장교들의 얼굴을 살핀 후 말을 하려고 생각에 골몰했기보다 지적으로 성숙되지 않은 착한 부하들에게 어떻게 자신의 생각을 가장 잘 표현할 수 있을지 궁리하며 서 있었다. 다시 말해서, 자신에게 분명한 이치였던 어떤 원리를 그들에게 보여주는 것이 필요했다. 많은 사람들이 대중의 모임에서 연설을 제대로 하지 못하는 이유 중의 하나는 말에 대한 비슷한 조바심 때문이다.

그가 이야기를 했을 때, 그것을 말한 태도나 요지는 현역 때에 받은 실질적인 훈련을 조정하고 단련시키며 특별히 노력한 결과를 드러내었다. 그의 말씨와 이러한 것은 완전히 실무적 기질을 지닌 해군들이 이따금 그에 대해 일반적으로 비방하는 학자연하는 태도의 바탕이 되었다. 그럼에도 그들은 해군부대가 비어 선장보다 유능한 장교를 모집하지 못할 것이라는 점은 솔직히 인정하고 있다.

그가 말한 것은 다음과 같은 취지이다. "나는 단지 증인에 불과하고, 그 이상은 아니다. 만일 내가 도덕적 양심 —동정심으로 부풀은 양심과 군사적 의무가 상충되어 초래되고 있는 난처한 망설임—을 여러분에게서 느끼지 못했다면 나는 당시 여러분의 조력자로서 다른 말을 하려고 생각하지 않을 것이다. 동정에 대하여, 내 어찌 여러분과 다를 수 있겠는가? 그러나 지상명령과 같은 의무를 염두에 둔 나는 결정을 무기력하게 하는 양심에 반대한다. 재판관 여러분! 나도 그 사건이 예외적이라는 것을 숨기지 않는다. 깊이 생각해 보면, 그것은 궤변론적 재판관들에게 떠맡겨질 수 있는 일이다. 그러나 궤변론자나 도덕주의자로 행동하지 않는 우리들에게 그것은 실제적인 사건이고 군법으로 사실적으로 처리해야 할 문제가 아닌가?"

"그러나 여러분의 양심, 그들이 어둠 속에서처럼 꾸물거리고 있지 않은가? 그들에 도전해라. 그들을 드러내 보여라. 양심으로 본다면 다음과 같은 의미이다. 상황을 참작하지 않고 선임하사를 죽인 죄인의 행위로만 본다면 그것은 사형 죄에 해당되지만 자연적 이치로서 죄수의 분명한 행위가 고려되어야 하지 않는가? 신 앞에 죄가 없고 우리도 그렇게 느끼고 있는 동료에게 어떻게 죄를 요약해서 수치스러운 죽음을 선고할 수 있는가? 그 말이 옳은가? 여러분은 슬프게 공감하고 있고, 나 또한 그것에 대해 충분히 느끼고 있다. 그것이 자연 섭리이다. 그러나 달고 있는 배지가 우리의 충성이 자연에 있다고 주장하는가? 그렇지 않다. 왕에게 있다. 신성하고 원초적이며 자연적인 바다가 우리들이 활동하고 수병으로서 의미를 지니는 근원이지만, 해군 장교로서 우리의 임무가 자연에 일치하는 영역에 있는가? 그것은 사실이 아니다. 따라서 임무를 명령받을 때, 가장 중요한 점에서 자연적인 자유로운 행위는 중지된다. 전쟁이 선포되었을 때, 명령을 받아 싸우는 우리가 미리 상의하는가? 단지 명령에 따라 싸우는 것이다. 우리의 판단으로 전쟁을 인정하지만 그것은 우연한 일일 뿐이다. 다른 특이한 경우도 그런데 지금이 그렇다. 현재의 진행 과정 후에 따를 유죄 선고를 생각해 보아라. 유죄를 내리는 것은 우리 자신이기보다 우리를 움직이는 군법이다. 그 법과 법의 가혹함에 관해 우리의 책임은 없다. 우리의 공적인 책임은 이러하다. 어떤 예에서 법이 아무리 무자비하게 작용한다 할지라도 우리는 그 법을 고수하고 운영해야 한다."

"그러나 문제의 예외성이 여러분 내면에 감정을 움직이고 있다. 나의 마음 또한 그렇게 움직이고 있다. 그러나 온정 때문에 냉정해야 할 이성을 잃지 말자. 육지의 형사 사건에서 정직한 판사가 눈물겹게 탄원하며 자신을 만나고자 하는 기소된 자의 온화한 친척 여인을 법정을 떠나 길에서 만나는 것을 허락하겠는가? 자, 남자에게 있어서 여성다움, 즉 우리의 따뜻한 사랑의 마음은 그 존경스러운 여성과 마찬가지이다. 상황이 아무리 어렵다고 하더라도 여기서 그 여성은 제외되어야 한다." 그는 멈추어 진지하게 잠시 그들을 살펴보고 다시 말을 시작했다.

"그러나 여러분의 모습은 여러분 내면에 움직이고 있는 것이 사랑만이 아니라 개인적인 양심이라는 것을 말하는 듯하다. 그러나 우리들이 그러한 입장을 지니고 있다고 할지라도 개인적인 양심이 공적으로 진행하고 있는 법에 명문화된 대영제국의 양심에 따르지 말아야 할지 어떨지 말해 보라."

여기에서 세 사람은 확신보다 오히려 어려운 논쟁의 방향으로 동요되어 더욱 내면에서 솟아오르는 갈등을 겪으며 자리에서 움직였다.

그것을 알아차리고 선장은 잠시 멈추었다. 그 다음 갑자기 목소리를 바꾸고 말을 계속했다.

"좀 진정하기 위하여 사실적인 문제로 돌아가 보자. 전시 해상에서 전함의 수병이 계급으로 상급자를 쳐 죽였다. 결과와는 별도로 때린 행위는 전시의 법에 따라 사형이다. 더욱이……"

"아, 선장님. 하나의 의미로서는 그렇습니다만 분명 버드는 살인이나 폭동을 보여주지 않았습니다."라고 대령이 감정적으로 끼어들었다.

"선량하군, 분명히 그렇지는 않지. 군법보다 임의적이지 않으며 보다 자비로운 법정에서 그러한 청은 정상이 크게 참작될 것이다. 최후의 심판에서 그것은 무죄일 것이지만 여기서는 어떠한가? 지금은 반란법으로 진행되고 있다. 외형상 어린이가 아버지를 닮을 수 있는 이상으로 반란법은 그것이 유래한 전쟁을 정신적인 면에서 닮는다. 해군복무에서 ─이 배에서는 진정─영국인들은 자신들의 의지와 달리 왕을 위하여 싸워야 한다. 내가 아는 한, 양심에 반해 싸워야 한다. 동료로서 우리들이 그들의 입장을 이해한다고 할지라도 해군장교로서 그것에 대해 무슨 상관이 있느냐? 적 함대는 전혀 개의치 않는다. 그는 우리의 지원병에 있어서와 마찬가지로 징집병들의 수를 삭감시킬 수 있을 것이다. 적의 해군 징집병 중에는 우리와 마찬가지로 국왕 살해적인 불란서 집정부를 싫어하는 사람이 있을 수 있다. 그것은 우리 편에서도 마찬가지이다. 전쟁은 외형, 즉 앞만을 생각할 뿐이다. 전쟁의 자손인 반란법은 아버지를 닮는다. 버드의 의도가 있었느냐, 없었느냐는 의미가 없다."

"그러나 내가 존경하는 여러분의 마음이 그러한 충정에 젖어 있는 동안에 ─반복하지만, 줄여야 할 절차를 이상하게 늘이는 동안에 ─적들이 알고 전쟁을 일으킬 수도 있다. 우리는 결정을 내려야 한다. 둘 중 하나를 택해야 한다. 유죄든, 풀어주든."

"유죄 판결을 내리되, 죄를 경감해 줄 수 없습니까?"라고 처음으로 항해장이 여기에서 더듬거리며 물었다.

"여러분, 그 상황에서 그것이 우리들에게는 합법적이라고 하더라도 그러한 관대함이 초래할 결과를 생각해야 한다. 사람들(배의 동료 선원들을 의미함)은 '타고난 감각'을 지니고 있다. 그들 대부분은 해군의 관습과 전통을 잘 알고 있다. 그들이 그것을 어떻게 받아들이겠는가? 여러분은 공식적 입장으로 금지된 것을 그들에게—즉 임의적인 규율로 오랫동안 틀에 박혀서 이해하거나 분별할 지적인 공감대를 지니고 있지 않는 그들에게—설명할 수 있겠는가? 아니다. 그들에게 망루원의 행위가 아무리 말로 잘 표현된다 할지라도, 그것은 반란의 악한 행위에서 저질러진 분명한 살인이다. 그것에 대해 어떠한 형벌이 따라야 할지 수병들은 잘 알고 있다. 그러나 처벌이 따르지 않고 있다. 이유는? 수병들은 곰곰이 생각하는 경향이 있기 때문이다. 여러분은 수병들이 어떤 인물인지 알고 있다. 그들은 노어의 근래 소요로 되돌아가려 하지 않는가? 그들은 대단히 위력적인 공포—그것이 영국 전역에 끼쳤던 고통—를 알고 있다. 그들은 여러분의 관대함을 겁이 많은 것으로 생각할 것이다. 그들은 우리가 그들을 두려워해서—그 문제가 새로운 어려움을 일으키지 않기 위해서 우리들이 이 시기에 특이하게 요구되는 법적인 가혹함을 집행하는 것이 두려워—움츠리고 있다고 생각할 것이다. 그들이 그렇게 추측하는 것이 얼마나 수치스러운 일이며 규율에 치명적인가? 그러므로 여러분도 알다시피 의무와 법으로 움직임을 받은 나는 의도대로 확고히 밀고 갈 것이다. 동료 여러분, 청하건대, 나를 오해하지 말기 바란다. 여러분이 이 불행한 소년에 대하여 동정하듯 나 또한 동정한다. 그러나 그가 우리 심정을 이해한다면 그는 군사적인 필요에 따라 그렇게 무거운 심리적 압박에 놓인 우리들을 동정할 수 있는 관대한 마음을 가지게 될 것이라고 생각한다."

그 상황에서 그는 갑판을 가로지르며 말없이 세 사람이 결정을 내리도록 한 채 새시로 된 현창으로 갔다. 선실의 반대편에는 난처한 재판원들이 말없이 앉아 있었다. 평범하고 실질적인 충성스러운 신하인 그들은 근본적으로 비어 선장이 그들에게 내놓은 여러 관점이 다르다고 할지라도 해군 계급에서라기보다 정신적인 면에서 그들을 능가하는 진지한 사람이라고 생각한 선장을 반박할 이성도 그러한 성향도 거의 없었다. 선장의 그러한 말은 그들에게 영향력이 없었던 것도 아니었지만 그들이 절실히 느끼게 했다기보다 해군장교들로서 그들의 본능에 호소한 마지막 말이었다고 볼 수 있다. 당시 함대의 드러나지 않은 분위기를 고려하며 선장은 계급에서 상급자, 즉 선임하사가 바다에서 폭력으로 살해된 것이 즉각적인 형벌을 요하는 사형 이상의 다른 것으로 인정될 경우 규율에 미치게 될 실질적인 결과를 예상해 보았다.

그들은 마치 영국의 반란법을 모델로 삼은, 소위, 전쟁 때, 법에서 미국 썸머즈호 사령관이 함대를 강탈할 의도를 꾸민 두 수병과 중수루원을 반란군으로 해상에서 1842년에 처형을 결심케 했던 고통스러운 정신구조와 유사한 상황에 이른 듯했다. 그러한 결정은 평화 시 본국으로부터 항해한 지 얼마 되지 않았던 때일지라도 수행되었다. 결정은 육지에서 연속적으로 소집된 해군 사문단(査問團)[39]이 옹호한 판결이었다. 지나간 일로 여기에서는 논평 없이 인용되었다. 사실 썸머즈호 갑판에서의 상황은 베리포텐트호 갑판의 상황과는 달랐다. 그러나 정당하였든 그렇지 않았든 긴박성은 같았다.

거의 알려지지 않은 한 작가는 다음과 같이 기록하고 있다. "이 전쟁이 끝난 40년이 지난 후, 비전투원이 과거의 전투에서 어떻게 싸움을 했어야 했는지를 추측해서 생각하는 것은 쉬운 일이다. 그러나 사격의 희미한 연기 속에서 포격을 받으며 전투를 지시하는 것은 개인적으로 또 다른 일이다. 실질적이고 도덕적인 문제와 연루된 다른 비상사태에 관해서나 결정하는 것이 긴박한 때는 더욱 그렇다. 안개가 크면 클수록 증기선은 더욱 위험하게 된다. 하지만 어떤 사람을 비방할 때는 속도가 붙는다. 선실에서 편안하게 카드놀이를 하는 사람은 다리 위에서 잠을 자지 않고 있는 사람의 무거운 짐은 거의 생각하지 않는다."

요약해서, 빌리버드는 공식적으로 유죄 판결을 받았고 지금은 밤이기 때문에 이른 새벽 당직시간에 활대 끝에서 교수형에 처해질 것이다. 그렇지 않았다면 그러한 경우는 관습에서처럼 형은 즉시 실행되었을 것이다. 함대에서나 또는 야전에서 전시에 즉결심판에서 선언된 사형은—즉 이따금 야전에서 대장이 고개를 끄덕임으로써 선언된—상고 없이 판결 후 지체 없이 행해졌다.

---

39) 사실을 밝히기 위하여 조사하고 신문하는 단체.

22

비어 선장은 죄수에게 재판 결과를 친히 전했다. 선장은 그렇게 하기 위하여 빌리가 구류되어 있는 장소로 가서 거기에 있는 다른 수병을 잠시 물러가라고 명했다.

판결을 전하는 것을 넘어 이 대담에서 어떠한 일이 있었는지는 알려지지 않았다. 그러나 정신적으로 아무리 도야되었다고 할지라도 보통 사람이 믿을 수 없을 정도로 진기한, 말하자면, 우리의 본성보다 희귀한 자질을 근본적으로 갖춘 두 인물이 특별실에 잠시 박혀 있었다는 점에서 추측만을 할 수 있을 뿐이다.

만일 이때 선장이 죄지은 자에게 아무것도 숨기지 않는다면―그의 실제적 동기를 드러내며 결정을 내리는 데 행한 역할을 빌리에게 솔직히 밝혔다면―그것은 비어 선장의 정신과 일치하는 것이었을 것이다. 빌리 편에서 그러한 고백은 그것을 이야기한 사람의 정신과 같은 것으로 받아들였을 것이다. 빌리는 일종의 기쁨이 없는 것도 아닌 정도로 선장이 자신에게 털어놓은 용감한 생각을 이해하고 감사했을 것이다. 사형 자체에 대해 선장은 죽음을 두려워하지 않는 사람에게 전하는 것처럼 그에게 전해졌다고 이해했었을 것이다. 비어 선장은 결국 금욕적이고 무관심한 외형 밑에 감추어진 정열을 드러냈을지도 모른다. 그는 빌리의 아버지가 될 정도로 나이가 들었다. 군 임무를 엄격하게 지키는 선장은 자신을 형식화된 인간성 속에 원초적으로 남아 있는 것의 속으로 용해시키면서 결국 아브라함이 명령에 따라 어린 이삭을 바치려는 순간 그를 포옹한 것처럼 빌리를 가슴에 품었을지 모른다. 그러나 여기에서 설명하려는 것과 아무리 비슷한 상황에서, 위대한 대자연의 숭고한 질서와도 같은 두 사람이 포옹하는 곳이 어느 곳이든, 그 신성한 장면이 어떠한 경우 거친 세상에 드러난다고는 할지라도, 좀처럼 드러나지 않을 신성한 모습을 묘사한다는 것은 불가능한 일이다. 살아 있는 자에게는 침해될 수 없는 시간에 개인적 비밀이 있다. 그리고 각 예언자의 관대함의 결과인 신성한 망각은 결국 모든 것을 섭리대로 덮는다.

그 구역을 떠나던 비어 선장을 처음 마주친 사람은 고참부관이었다. 그가 본 당시 훌륭한 자의 고뇌에 찬 얼굴은 50세의 인물이었다고 할지라도 그 장교에게 놀라운 모습이었다. 죄 지은 사람이 판결에 상당히 영향을 준 사람보다 고통을 덜 겪었다는 것은 곧 이야기될 장면의 전자의 외침에서 분명히 나타났다.

23

짧은 기간 동안 **빠르게** 진행된 일련의 사건에 대해 특히 이런 저런 논평이나 설명이 그러한 사건을 보다 잘 이해하는 데 필수적이라면 적절히 이야기하는 데는 많은 시간이 걸릴 것이다. 선실로 들어가 살아서 떠나지 못한 선임하사와 그곳을 떠날 때 사형을 받고 떠난 사람 사이, 즉 이런 시간과 격리된 대담의 시간은 한 시간 반도 채 되지 않았다. 그 시간은 배의 많은 동료들에게 선임하사와 그 수병이 선실에서 무엇 때문에 갇혀 있었는가 하는 생각을 일깨우기에 충분한 시간이었다. 그들 두 사람이 그곳에 들어간 것은 목격되었지만 그들 중 누구도 나오는 것이 보이지 않았다는 소문이 포열 갑판과 선수루에 퍼졌다. 이는 전함대의 수병들이 어떤 관점에서는 마을 사람들과 같아서 진행되고 있는 모든 외적인 행동과 드러나지 않는 행동을 면밀히 주시하기 때문이다. 전혀 사납지 않은 날씨에 더욱이 모든 수병이 반 당직 때, 즉 시간상 특이한 상황에서 출두명령이 내려졌다. 이때 승무원들은 그들이 평소 자주 드나들던 곳에서 두 사람이 계속해서 나타나지 않는 것과 관련된 특이한 발표에 대해 전혀 준비를 못한 것도 아니었다.

당시 바다는 잔잔했다. 새로이 떠올라 만월에 가까워진 달은 움직이는 사람들이나 고정된 물건이 수평으로 드리운 뚜렷한 그림자가 드리우지 않은 곳은 어느 곳이든 흰 갑판을 밝게 비추었다. 또한 선미 갑판 한쪽에는 무장한 경계병이 서 있었다. 장교들로 둘러싸여 자신의 위치에 있던 비어 선장은 부하들에게 말을 했다. 그러한 태도는 배에 승선한 최고의 지위에 적절한 그 이상도 이하도 아닌 모습을 보여주었다. 그는 간결하고 분명한 목소리로 그 동안 선실 내에서 있었던 일을 그들에게 이야기했다. 선임하사가 살해되었고 그를 살해한 사람은 이미 약식법정에서 사형 선고를 받았으며 집행은 이른 아침 당직 때에 집행될 것이라고 밝혔다. 폭동이라는 단어는 그가 말한 것에서 이야기되지 않았다. 그는 해군의 기존 상황에서 규율의 파괴가 따를 것은 자명해질 것이라고 생각하면서 규율을 유지하는 일에 대해 긴 이야기는 하지 않았다.

서 있는 수병들은 선장의 말을 마치 지옥을 믿는 신자들이 목사의 칼빈주의적 성경을 듣고 있는 군중들의 모습과 같이 벙어리처럼 말없이 경청할 뿐이었다.

하지만 이야기가 끝날 무렵 혼란스럽게 소곤거리는 소리가 났다. 이윽고 소리가 커지기 시작했고 그 소리는 한 신호음과 동시에 갑판사관과 그 동료의 날카로운 호각 소리에 움츠러들며 가라앉았다. 즉시 바람 불어오는 쪽으로 배를 돌리라는 명령이 떨어졌다.

크래가르트의 시체를 묻는 준비는 그의 식사 동료하사관에게 맡겨졌다. 여기에서 부수적인 문제로 따르는 상황을 지체하지 않기 위하여 적절한 시간에 선임하사가 그의 계급에 맞는 모든 장례의식과 함께 바다에 던져질 것이라고 덧붙여질 것이다.

모든 비극적인 문제의 공적 절차에 있어서처럼, 이 절차에서도 관례는 엄격히 준수하도록 되었다. 어떤 점에서 그것은 크래가르트에 관해서든, 빌리버드에 관해서든 조금이라도 절차에 어긋났다고 하면 반드시 배의 동료나 수병들, 특히 모든 군인들 중 관례에 제일 까다로운 선임하사들에게 바람직하지 않은 생각을 초래할 가능성이 있었다. 비슷한 명분으로 비어 선장과 유죄 판결을 받은 자 사이, 모든 의사소통은 이미 행해진 비밀스러운 대화로 끝났다. 후자는 이제 마지막 준비인 통상적 절차를 따르도록 되었다. 그의 이동은 선장의 숙소로부터 감시를 받으며 일상적인 경계―최소한 눈에 띄지 않게―로써 실행되었다. 가능하면 부하들이 장교가 잘못된 어떤 일을 계획하고 있다는 추측 같은 것을 하지 않도록 하는 것이 전함의 관습법이다. 그런 어려움이 실제 우려되면 될수록 적지 않게 드러나지 않는 경계가 펼쳐진다고 해도 장교들은 더욱 그러한 우려를 하게 된다. 현재의 경우, 죄수를 책임지고 있는 보초는 군목을 제외한 누구도 빌리와 이야기를 하지 못하게 하라는 엄명을 받았다. 이 점을 분명히 하기 위해 신중한 대책이 취해졌다.

24

옛날 형식인 74 포문함대에서 상포열 갑판으로 알려진 갑판은 경갑판으로 덮여 있다. 그곳은 무장되지 않은 것은 아니지만 끝 부분은 대부분 풍우에 노출되어 있다. 일반적으로 그곳은 어느 때에도 그물 침대가 없었다. 승무원들의 침대는 하포열 갑판과 선실에 매달려 있었다. 후자는 숙소일 뿐만 아니라 수병들의 가방을 싣는 곳이다. 그곳 양쪽에는 많은 식기대와 커다란 서랍들이 늘어 있었다.

베리포텐트호의 상포열 갑판 우현 위의 양쪽에 포대를 이룬 대포들을 일정 간격으로 배치하여 생긴 곳에 수갑을 차고 몸을 앞으로 기울인 채 감시를 받고 있는 빌리버드를 보라. 이 모든 것들은 그 시기에 중장비였다. 육중한 나무로 된 운반대에 적재된 장비들은 풀리지 않도록 튼튼한 밧줄로 매여 있었다. 천장에 매달린 고리 속에 있는 짧은 도화간, 긴 탄약 꽂을대와 함께 대포, 운반대 —이 모든 것은 관례대로 검게 칠해 있었다. 그리고 똑같은 색으로 타르칠된 육중한 삼으로 만든 밧줄은 장의사 제복과 같았다. 이러한 주변의 장례식 배경색과 대조적으로 엎드린 수병의 때 묻은 겉옷인 흰 점퍼와 흰 오리바지는, 어느 고지대의 검은 동굴 입구에 잔설이 남아 있는 4월 초의 빛바랜 눈처럼 중갑판 앞부분의 희미한 빛 속에서 번쩍였다. 사실 그는 이미 수의를 입고 있었다. 말하자면, 수의를 대신할 의복을 입고 있었던 것이다. 위에서 그를 희미하게 비추고 있던 랜턴이 갑판 위의 두 개의 육중한 갑판 대들보에서 흔들리고 있었다. 군수품보급자(그들의 보수는 정당하든, 그렇지 않든, 모든 나라에서 죽음의 수확량을 만족시킨 만큼이다)가 공급하는 기름으로 채워 불이 켜져 칙칙한 노란빛을 깜빡이는 등불은 끝이 덮인 포가 내민 열린 현창을 통해 들어오는 빛을 막으려고 헛되게 애쓰며 희미한 달빛을 더럽히고 있었다. 다른 랜턴들은 간간이 성당의 분회당이나 작은 고해실처럼 덮인 계단의 두 포대 사이 길고 희미한 넓은 복도로부터 갈라지는 희미한 중갑판 앞부분의 한 구역만을 이따금 드러내었다.

지금 잘생긴 수병이 누워 있는 갑판이 그러했다. 햇볕에 그을린 안색 때문에 창백함은 전혀 찾아볼 수 없었다. 그러한 것을 없애려면 여러 날을 바람과 태양으로부터 떨어져 있어야 할 것이다. 그러나 각진 곳에 광대뼈는 온화한 엷은 빛깔의 살갗 아래에서 막 드러나고 있었다. 배의 물자 저장소의 은밀한 불길이 짐짝의 솜을 태우듯 자제심 많은 뜨거운 가슴 속에서 짧은 경험이 인간의 피륙을 파먹고 있다.

그러나 운명의 악에 물린 것처럼 두 포대 사이에 누워 있는 빌리의 고뇌, 말하자면, 어떤 부류의 인간들에게 효과적이며 구체화된 악마성에 경험이 없는 관대한 젊은이의 마음으로부터 초래된 고통스러운 긴장은 이제는 끝났다. 그것은 비어 선장과 나눈 비밀스러운 대화에 담긴 마음을 달래는 어떤 것을 능가하지는 못했다. 그는 꼼짝도 않고 황홀경에 있는 것처럼 누워 있었다. 앞서 주목한 젊은이의 표정은 밤에 조용한 침실의 따뜻한 난로 불꽃이 어린이의 뺨에 조용히 나타났다 없어지며, 종종 신비하게 모양을 이루는 보조개 위에 가벼이 흔들거릴 때, 그는 요람에서 잠자는 어린아이의 모습과 같았다. 이따금 족쇄를 차고 황홀감 속에 있는 사람에게 방황하는 듯한 회상과 꿈으로부터 나온 듯한 평온한 행복감이 얼굴에 온통 퍼졌다 시들어 들고 다시 나타나곤 하기 때문이다.

그를 보러 온 목사는 그러한 그를 보고 그가 자신을 모르고 있다는 표정을 알아차리고 잠시 바라본 후 옆으로 비켰다. 그리고 목사는 예수의 대리자로 전쟁의 신으로부터 급료를 받는다고 할지라도, 자신이 본 것을 뛰어넘는 평화를 가져올 어떤 위로도 줄 수 없다고 느끼면서 잠시 물러갔다. 그러나 그는 몇 시간 후, 다시 돌아왔다. 주변 상황을 깨달은 죄수는 목사가 다가온 것을 알아차리고 공손하지만 거의 즐거운 표정으로 그를 맞이했다. 그러나 이어진 대화에서 목사는 빌리버드에게 새벽에 죽을 것이라는 점을 신앙을 가진 사람으로서 독실한 마음으로 이해시키려 했으나 헛된 일이었다. 실제로 빌리는 그의 죽음이 임박했음을 편안히 이야기했다. 그러나 그것은 놀이에서 영구차를 가지고 장례 참석자들과 함께 장례놀이를 하는 어린이들이 일반적으로 생각하는 죽음과 같은 것이었다.

그것은 빌리가 어린이처럼 진정 죽음이 무엇인지 생각할 수 없어서가 아니었다. 그렇기는커녕 모든 면에서 순수한 대자연에 더욱 가까운 그러한 야만적인 사회에서 고도로 문명화된 사회에 만연하는 비합리적인 두려움이 전혀 없었기 때문이었다. 다른 곳에서 이야기되었듯 근본적으로 야만적인 빌리는 복장에도 불구하고 시이저 당시 로마의 개선식에 행진하게 된 그의 고국 사람이자 살아 있는 전리품인 영국 포로들과 아주 흡사했다. 빌리는 아마 젊은 후기 야만인들로 일찍이 기독교로 개종한, 적어도 명목상 그러한 영국인들 중에서 로마로 데려가진(오늘날 작은 섬 출신 개종자들이 런던으로 데려가질 수 있는 것처럼) 사람들과 아주 흡사했다. 그런데 그들에 대해 당시 교황은 이탈리아인의 특징과 다른 이상한 개인적인 미와 깨끗하고 붉은 안색, 곱슬곱슬한 담황색의 머리 타래를 칭찬하면서 "엔젤즈"(중세 이후의 파생어로 영국인을 의미하는), "엔젤즈라고 부르지요? 천사처럼 보이기 때문인가요?"라고 외쳤다. 만일 보다 후의 시대였다면 사람들은 교황이 헤스페리테스[40] 정원에서 사과를 딴 아주 아름다운 영국 소녀들의 연한 장미 봉오리 같은 안색을 지닌 프라 앤젤리코의 천사장들을 마음에 두었다고 생각했을 것이다.

만일 착한 목사가 헛되게 젊은 야만인에게 오래된 비석에 새겨진 일상적인 죽음의 의미와 비슷한 죽음에 대한 생각을 인식시키려 한다면 구원자나 구원의 생각을 빌리에게 절실히 느끼게 하려는 노력은 모든 면에서 쓸모없을 것이다. 빌리는 귀를 기울였으

---

40) Hesperides, (그리스신화) Hera의 황금 사과를 지킨 요정.

나 경외감이나 존경에서라기보다 의심할 바 없이 대부분 그의 계급의 수병들이 어떤 추상적인 이야기나 일상적인 세계의 일상을 벗어난 설교를 받아들이는 것과 같은 태도로 모든 것을 생각하면서 자연적인 예절로 귀 기울였다. 성직자의 연설을 받아들이는 수병의 태도는 쿡스[41] 선장 시대나 그 시대 조금 후, 말하자면, 타이탄이라고 불리는 우수한 야만인이 초월적 기적으로 가득한 기독교 입문서를 오래전 열대 섬에서 받아들인 태도와 전혀 다른 것도 아니었다. 자연적인 예절로서 받아들였지만 자기 것으로 전용된 것이 아니었다. 그것은 손가락이 닿지 않는 손바닥 위에 놓인 선물과 같았다.

그러나 베리포텐트호의 목사는 선한 마음의 이해심 많은 신중한 사람이었다. 그래서 그는 여기에서 그의 직업적 특성을 강조하지 않았다. 비어 선장의 제안으로 한 부관은 목사에게 빌리에 대한 모든 것을 전했다. 그는 순진성이 최후의 심판에 가지고 가는 신앙심보다 훨씬 낫다고 느꼈기 때문에 마지못해 물러섰다. 그러나 그는 영국인으로 상당히 이상한 행동을 처음 했고 그 상황에서 정식적인 어느 목사의 처지로서 더욱 그러했다고 생각했다. 그는 몸을 구부리고 죽음의 갈림길에서조차 자신의 주장을 바꿀 수 없었고 모든 것에도 불구하고 미래에 대해 두려워하지 않는다고 느낀 군법의 범법자인 동료의 흰 뺨에 입을 맞추었다.

젊은 수병의 근본적인 순진성에 친숙해진 존경받는 사람이 군규율의 순교자의 운명을 바꾸기 위하여 손가락 하나도 들지 않았

---

41) Cooks, 영국의 항해자(1728~1779).

다는 것은 놀라운 일이 아니다. 그렇게 하는 것은 정신적 반응이 없는 것에 호소하려는 것처럼 부질없을 뿐만 아니라 다른 해군 장교나 갑판장의 직무처럼 군법으로 그에게 똑같이 부여된 자신의 영역을 무모하게 뛰어넘는 일이었을 것이다. 서슴없이 말해 목사는 전쟁의 신 마르즈(Mars)[42]의 주도하에서 봉사하는 평화의 왕자를 대신하는 사람이다. 그와 마찬가지로 그는 크리스마스 날 제단에 놓인 소총처럼 그렇게 어울리지 않는다. 그는 왜 여기에 있는가? 그는 대포에 의해 지지되고 있는 목적을 간접적으로 돕고, 야수적인 힘만이 실질적으로 존재하는 종교에 약자의 종교를 맞추려 하기 때문이다.

---

42) Mars, 천문: 고대 로마의 군신.

25

굴 같은 아래 갑판과는 달리 경갑판 위에 밝게 빛나는 그날 밤 빛은 탄광 속에 층진 갱도처럼 그렇게 퍼져 나간다. 그 밝은 밤은 지났다. 그러나 하늘에서 엘리샤[43]에게 외투를 던지며 마차를 타고 사라지는 예언자처럼 물러가는 밤은 엷은 긴 의복을 밝아 오는 낮에 전했다. 부드럽고 수줍은 듯한 빛이 동녘에서 보였는데 그곳에는 하얀 수증기로 골을 이룬 영묘한 흰 구름이 펼쳐 있었다. 그 빛은 점차 커지기 시작했다. 갑자기 전방에서 나온 커다란 금속성 소리에 이어 후방에서 에이트 벨[44]이 울렸다. 아침 4시였다. 모든 병사들이 처벌을 목격하도록 소집하는 은색 호각 소리가 울렸다. 밑에 있는 사람들의 시선은 묵직한 닻줄 그물로 가장자리가 쳐진 커다란 출입구를 통해 위로 향해 있었다. 그 시선은 갑판에 있는 사람들의 시선과 함께 커다란 소(小)증기선과 양쪽에 층을 이룬 검은 활대가 차지한 공간을 포함해 주 돛과 선수루 사이의 공간과 탄약을 나르는 소년들과 나이 어린 수병들을 잘

43) Elisha, (성서) 기원전 9세기의 헤브라이의 예언자 Elijah의 후계자.
44) *eight bells*, 소집을 알리는 종소리.

보이게 하는 보트와 아래 활대를 온통 덮고 있었다. 다른 무리를 이룬 구경꾼인 망루원들은 함정 뒤쪽 발코니 난간에 기대어 밑에 모인 사람을 내려다보고 있었다. 이는 74 포문전함에서 적지 않은 사람들이었다. 수병이든 시중드는 소년이든 속삭였을 뿐 거의 말을 하지 않았다. 이전처럼 모인 전속장교 중에서 중심인물인 비어 선장은 전면을 향한 채, 선미단 가까이 서 있었다. 선미 갑판 선장 바로 밑에는 완전무장한 수병들이 공고된 형벌의 장면에 서처럼 도열해 있었다.

옛날 바다에서 수병에 대한 교수형의 집행은 일반적으로 전면에서 시행했으나 현재의 경우는 특별한 이유 때문에 주 활대에 배당되었다. 그 지역에 대한 무장경계하에 목사가 죄수를 데리고 곧 나타났다. 마지막 장면에서 목사는 형식적인 것은 거의 보여주지 않거나 보여주지 않았다. 진정 그는 죄수와 짤막한 이야기를 하지만 진정한 복음은 말보다 그에 대한 태도나 외형에 있다. 죽음이 임박했기 때문에 죄수에 대한 개인적인 준비는 두 갑판장에 의해 신속히 끝났다. 비어 선장은 후미를 바라보고 있었다. 죽기 바로 전 빌리의 말, 전혀 더듬거림이 없는 유일한 말은 이러했다. "비어 선장님의 신의 가호를 빕니다!" 목에 불명예스러운 대마를 두른 사람에게서 예기하지 않게 나온 말─고급 장교가 서는 갑판을 향하여 고물 쪽으로 전해진 관습적인 중죄인의 자선, 즉 나뭇가지를 떠나는 순간 지저귀는 새의 분명한 음률로 전해진 말─은 악의에 찬 최근의 경험을 통해 이제는 영적으로 승화되고 젊은 수병의 희귀한 개인적인 미로 고양된 특이한 효과를 나타냈다.

자신도 모르게, 말하자면, 정말로 배에 모인 사람들은 마치 음성적으로 거의 전류가 흐른 매개체인 양, 모든 곳으로부터 나온 한 목소리로 "비어 선장님의 신의 가호를 빕니다!"라는 동정적인 소리가 울렸다. 그 순간 그들이 빌리를 본 것처럼 빌리가 그들 마음속에 심지어 그들의 눈 속에 있었음에 틀림없었다.

공포된 말과 풍부하게 되울린 자발적인 메아리에 극기심이 강한 자기절제이든 감정적 충격으로 유발된 순간적 마비든, 비어 선장은 무기를 놓는 선반에 소총처럼 똑바로 꼿꼿이 서 있었다.

바람을 받지 않는 쪽으로 규칙적으로 흔들리다 서서히 균형을 잡고 있던 선체는 사전에 정해진 무언의 마지막 신호가 주어지자 곧 중심을 잡았다. 바로 그 순간 우연히 동쪽에 낮게 걸린 증기와 같은 흰 구름이 신비한 광경에서 보인 예수의 몸에서 나오는 부드러운 깃털과 같은 광휘와 함께 솟았다. 그와 동시에 빌리는 얼굴을 위로 향한 모인 사람들의 시선을 받으며 위로 올랐고, 오르면서 장밋빛의 동녘 햇살을 흠뻑 받았다.

활대 끝에 이른 포박된 모습에서 모든 사람들이 놀랍게도 온화한 날씨에 선체가 서서히 움직이는 것을 제외하고는 어떤 것도 분명 움직이지 않았다. 그런데 그러한 광경은 중무장한 커다란 배에 있어서 매우 장엄한 광경이었다.

26

방금 이야기 한 특이성에 대해 며칠 후 철학자로서 사려 깊다기보다 회계원으로 정확하며 불그스름한 얼굴을 지닌 뚱뚱한 사무장이 식사 중에 의사에게 "의지력의 대단한 증거이군요."라고 말했다. 이때 우울하고 큰 키에 마르고 신중하며 빈정대는 모습이 온화하기보다 정중한 태도에 어울리는 의사는 "사무장, 실례지만 과학적으로 행해진 교수형에서 나는 특별한 명령을 받아 빌리의 교수형이 어떤 결과를 가져오는지, 말하자면, 완전히 정지된 다음 매달린 시체에서 나오는 움직임을 살펴보았어요. 그러한 움직임은 근육 계통에 기계적인 경련이지요. 결과적으로 그러한 움직임이 없다는 것은 당신이 소위 말하는 의지력도 마력도 아닙니다."

"그러나 이야기하시는 이 같은 근육 경련은 어느 정도 변할 수 없는 것도 아니지 않습니까?"

"분명히 그렇죠? 사무장."

"그렇다면 이 경우 움직임이 없다는 것을 어떻게 설명하시겠습니까?"

"사무장, 이 문제에 관한 당신의 특이한 인식이 저와 다른 것은 분명합니다. 당신은 소위 의지력—과학사전에 포함되지 않는 용어—으로 그것을 설명하시는군요. 현재 내 지식으로는 그것을 전혀 설명하지 못할 것 같습니다. 밧줄이 처음 신체에 닿았을 때, 극단적 상황에서 특이한 감정으로 벅찬 빌리의 심장 활동이 갑자기 멈춘 것은—시계를 마구 감다 마지막에 힘을 주어 태엽이 끊겼을 때 시계와 마찬가지라고 할 수 있지만—그러한 가정에서조차 이후에 이어진 현상은 어떻게 설명하시겠습니까?"

"그렇다면 당신은 발작적인 움직임이 없다는 것은 특이한 것이라고 인정하시는군요."

"사무장, 그것은 외형의 원인이 즉시 밝혀질 수 없다는 의미에서 특이한 것이지요."

"그러나 의사 선생님, 그 사람의 죽음은 밧줄에 의해서입니까, 혹은 일종의 안락에 의한 것인가요?"라고 사무장이 계속적으로 끈질기게 물었다.

"사무장, 안락사는 당신의 의지력과 같은 어떤 것이지요. 실례를 무릅쓰지만 과학적 관점에서 보면 진실성은 의심스럽지요. 그것은 그리스말로 요약해서—상상적인 동시에 형이상학적인 것이지요. 그러나 내가 조수들에게 맡기는 것을 개의치 않는 병든 육지에서 하나의 경우는 있습니다. 실례합니다만, 가야겠습니다."라고 갑자기 목소리를 바꾸고 의사는 식당에서 일어나 정중하게 물러났다.

27

처형 순간과 그 후 계속된 침묵—규칙적으로 선체를 치는 파
도소리와 키잡이가 딴눈을 팔아 돛이 후드득거리는 소리로 더욱
조용해진 정막—은 서서히 말로 형용하기 어려운 소리로 깨졌다.
평지에 내리지 않는 소나기, 말하자면, 열대 산악에 퍼붓는 소나
기로 갑자기 불어난 홍수가 흘러가는 소리를 들어 보았거나, 가
파른 숲을 통해 골을 따라 내려오는 최초의 분명치 않은 물 흐름
소리를 들어 본 사람은 누구든, 지금 들리는 소리의 의미를 알 수
있을 것이다. 소리의 근원이 먼 듯한 것은 가까이로부터 심지어
는 트인 갑판 위를 지나간 병사들이 분명치 않게 소곤거렸기 때
문이었다. 그 소리는 분명치 않아 육지 사람들이 쉽사리 드러내
는 생각이나 감정의 변덕스러운 변화를 암시하는 것보다 더욱 의
미가 의심스러워 현재의 경우는 병사들 편에서 빌리가 한 은총의
말을 자신들도 모르게 따라한 것을 내치지 않게 철회하려는 것을
암시하려는 듯했다.

그러나 소곤거리는 소리가 커져 소란스럽기 전, 그 소리는 예
상치 않은 "갑판장, 우현 당직의 종업을 명한다. 그들이 가는 것

을 확인하기 바란다."라는 전략적인 명령 소리와 맞부딪쳤다.

비록 바다 갈매기의 소리가 날카로웠지만 갑판장과 그 동료의 은색 호각 소리는 불길하고 낮은 갈매기 소리를 뚫으며 소리를 흐트러뜨렸다. 명령에 따라 모인 자들은 반으로 줄어들었다. 남아 있는 사람들 대부분은 갑판을 정리하는 일과 관련된 일시적인 일이나 갑판 장교가 내린 일을 때에 맞춰 쉽게 하기 위해 있었다.

약식 재판으로 항해 중 공포된 사형 선고에 따른 각 절차는 눈에 띄게 황급한 것이 아니라 민첩성으로 특징지어졌다. 빌리가 살아 있었을 때는 의자였으나 이제 포탄으로 바닥짐을 실은 그물 침대와 돛을 만드는 장의사들의 마지막 작업인 관을 덮는 데 쓰는 다른 것들이 신속히 준비되었다. 모든 것이 준비되었을 때, 앞서 이야기한 전략적 행위로 필요한, 즉 모든 병사들이 매장을 목격하도록 하기 위한 두 번째 호출 소리가 울렸다.

이러한 마지막 절차를 세부적으로 이야기할 필요는 없다. 그러나 짐을 실은 기울어진 판자가 바다 속으로 미끄러지듯 들어갈 때, 두 번째로 이상하게 소곤거리는 목소리가 들렸다. 그 소리는 바닷새가 무겁게 실린 의자가 바다 속으로 비스듬히 들어감으로써 생긴 바다의 특이한 흔들림에 주의를 기울이며 그 장소로 날아갈 때에 낸 분명치 않은 소리와 섞이었다. 새들이 선체에 가까이 왔을 때, 마르고 겹으로 된 깃털의 뼈가 부딪는 삐걱거리는 소리가 들렸다. 매장된 장소를 뒤로하고 가벼운 공기를 받으며 배가 지날 때 새들은 펼친 날개로 움직이는 그림자를 드리운 채 장송곡과 같은 불길한 소리를 내며 그곳을 낮게 조용히 원을 그리고 있었다.

우리들보다 앞선 시대 미신에 사로잡힌 수병들, 즉 공중에 매달린 채 휴식을 취한 듯한 놀라운 모습과 이제 바다에 들어가는 것을 방금 목격한 전함의 수병들에게 바닷새들의 행동은 비록 먹이를 탐하는 단순한 동물들이 보여주었다고 할지라도 커다란 의미를 주었다. 그들을 파고드는 불분명한 움직임이 있었다. 그것은 잠시 허용되었으나 일시적이었다. 갑자기 적어도 두 차례씩 매일 친숙하게 숙소를 향해 울리는 북소리가 현 상황에서 그 소리에는 분명 단호함을 띠고 있었기 때문이었다. 오래 계속된 진지한 군사훈련은 보통 사람에게도 일종의 충동을 불러일으키는데, 공식적인 명령에 대한 충동적인 작용은 신속성에서 본능에서 나오는 것과 같은 효력을 지녔다.

북소리에 따라 대부분 병사들은 두 개의 덮인 포열 갑판의 포열을 따라 흩어졌다. 평소처럼 포대원들은 똑바로 조용히 각자의 대포 가까이 서 있었다. 칼을 들고 선미 갑판에 위치한 사령관은 정해진 순서에 따라 하포대 구역을 지휘하는 칼을 찬 갑판사관들의 계속적인 보고를 공식적으로 받았다. 보고의 마지막 부분을 전하고 있던 그는 사령관에게 관례적인 정중한 태도로 요약 보고를 했다. 이 모든 것이 시간을 차지했는데, 현재의 경우 그 목적은 평소보다 한 시간 앞서 숙소를 향해 북을 치고자 하는 것이었다. 규율가로 알려진 비어 선장 같은 장교가 일상을 벗어난 변칙적인 일을 공식화하는 것은 부하들의 일시적인 기분이라고 여겨지는 것에 담긴 특이한 행위에 필요한 것 ―"인간에게 있어서 형식, 즉 한결같은 형식은 만사이다."라고 그가 말하곤 했던 것—을 나타내고자 하는 의미였다. 이는 수금을 가지고 숲의 야생 주민에게 마술을 건 오르페우스[45]의 이야기에 넌지시 표현된 것을 의미하는 것이다. 그는 이것을 전 영국 해협에 계속되고 있던 형식 파괴와 그에 따른 결과에 한때 적용했다.

갑판에서 이러한 유별난 소집에 대한 모든 것은 정규시간에서처럼 진행되었다. 후 갑판에 있는 악대는 신성한 분위기를 자아냈고 그 후 목사는 관례적으로 아침 예배를 드렸다. 그것이 끝난 후에 퇴각의 북이 울렸다. 전쟁의 목적과 규율을 돕고 있는 종교의식과 음악에 맞춰 부하들은 평소 포를 작동하지 않을 때 그들에게 배정된 장소로 질서정연하게 흩어졌다.

지금은 한낮이다. 낮게 걸린 깃털과 같은 수증기는 늦도록 그것을 그처럼 영롱하게 했던 태양에 흡수되어 사라졌다. 고요하고 청명한 주변의 대기는 대리석 채석장으로부터 아직 움직여지지 않은 빛나는 부드러운 흰 대리석 덩이와 같았다.

---

45) Orpheus, (그리스신화) 하프의 명수.

28

순수소설에서 얻을 수 있는 형식의 조화는 기본적으로 우화에 관련된 이야기에서보다 사실에 관련된 이야기에서 쉽사리 얻을 수 없다. 단호하게 이야기되는 진리는 항상 찢겨진 모서리를 지니고 있다. 그러므로 그러한 이야기는 결론이 나기보다 인위적으로 끝맺어지는 경향이 있다.

대반란의 시기 동안, 잘생긴 수병이 어떻게 지냈는지는 충실히 설명되었다. 그러나 이야기가 그의 삶과 함께 끝난다고 할지라도 그 후의 어떤 부분이 빠지는 것은 부당할 것이다. 간단히 세 장 정도 덧붙이면 충분할 것이다.

불란서 군주제의 해군을 근본적으로 이루는 전함의 훈령하에서 통상 새롭게 이름을 명하는 데 있어서, 세인트루이스 전함은 에이시(무신론자)라는 이름으로 붙여졌다. 혁명 함대에 대체된 다른 이름처럼 지배 세력의 충성스럽지 못한 무모함을 알리는 그러한 이름은 그럴 의도는 없었지만, 생각해 보면, 일찍이 전함에 주어진 가장 적합한 이름이었다. 그것은 황폐호, 에러버스(지옥호)46) 그리고 전함에 부여된 유사한 이름보다 적합한 이름이었다.

이미 기록된 사건이 일어난 동안, 파견 항해에서 영국 함대로 돌아오는 도중에 베리포텐트호는 에이시호와 교전이 붙었다. 비어 선장은 교전이 계속되는 동안 돌격대원을 방호벽을 건너게 할 의도로 배를 적의 배 옆에 붙이는 순간 적의 주 선실 총안구로부터 나온 탄알을 맞았다. 신체불능 이상으로 타격을 받은 그는 갑판에 쓰러져 부하가 이미 누워 있는 선미 좌석 밑으로 운반되었다. 부함장이 지휘를 맡았다. 그의 명령으로 마침내 적을 잡았다. 심한 타격을 받았지만 보기 드문 행운으로 적은 전쟁터로부터 멀지 않은 영국의 지부랄타 항으로 성공적으로 인도되었다. 거기에서, 선장은 나머지 부상병과 함께 육지로 옮겨졌다. 그는 수일 동안 간신히 목숨을 이어갔지만 끝내 죽고 말았다. 불행히 그는 나일 해전과 트라팔가 해전에 참여하지 못하고 너무 일찍 죽게 되었다. 철학적인 엄격성에도 불구하고 모든 정열 중에서 가장 은밀한 정열인 야심에 몰두했을지도 모르는 그 영혼은 결코 완전한 명성을 얻지 못했다.

죽기 얼마 전, 육체를 달래 주며 사람의 미묘한 활동에 신비하게 작용하는 마약에 취해 누워 있던 그는 수행원에게 "빌리버드, 빌리버드"라며 이해할 수 없는 말을 중얼거렸다. 이 말이 후회를 뜻하는 말이 아니었다는 점은 그 수행원이 베리포텐트호의 선임 장교에게 말한 것으로 미루어 분명한 듯하다. 그런데 선임 장교는 약식 재판관들을 비난하기를 가장 싫어하는 사람으로 그것을 혼자 간직하고 있었다고 할지라도 빌리버드가 누구였는지 너무도 잘 알고 있었다.

---

46) Erebus, (그리스신화) 암흑계. 이승과 지옥 사이에 있는 죽은 자의 거처.

29

처형 몇 주 후, 권위 있는 주간지로 당시 해군 연보에는 '지중해로부터 온 뉴스'라는 머리기사 밑에 다른 문제 중에 그 사건에 대한 설명이 있었다. 어느 정도 풍문을 통해 기고한 사람에게 사실이 전해졌음에 틀림없었던 기사는 비록 사실을 치우치고 부분적으로 왜곡시켰다고 할지라도 의심할 바 없이 대부분 믿을 만하게 쓰였다. 그 설명은 다음과 같다.

지난 달 10일 제국함 베리포텐트호 갑판에서 개탄할 일이 발생했다. 그 배의 선임하사인 존 크래가르트는 일종의 음모가 하급 수병들 사이에서 싹트고 있는 것을 알았는데, 음모자는 윌리엄 버드라는 인물이었다. 버드는 선장 앞에서 자신을 심문하던 크래가르트를 갑자기 칼을 꺼내 앙심을 갚듯 가슴을 찔렀다. 행한 행위와 수단으로 볼 때, 살인자는 영국인의 이름으로 복무에 소집되었다고 할지라도 영국인이 아니라 현재 복무의 필요성으로 상당수에게 허락되어 영국인 이름을 사용하고 있는 그런 외국인 중의 한 사람임을 충분히 보여주고 있다. 그 범죄의 흉악성과 범인의 극단적인 사악함은 전속 부관들이 잘 알듯 제국함의 능률을 크게 의존하는 하급 장교인 하사관 계급에 속하는 신중하고 존경 받는 중년의 희생자라는 점에 비추어 더욱 큰 것으로 나타났다. 그의 임무는 성가시고 생색이 나지 않는 책임이 막중한 일이었 다. 직무에 대한 충성은 그의 강한 애국적 충동 때문에 더욱 컸 다. 요즈음 많은 다른 예에서와 마찬가지로 이 예에서 불행한 사 람의 특징은 반박이 필요했다고 할지라도, "애국심은 악당들의 마지막 피난처이다."라는 죽은 존슨 박사의 성마른 말을 뚜렷이 반박하고 있다.

그 범인은 자신의 범죄에 대한 형을 받았다. 신속하게 처벌한 것은 잘한 것으로 드러났다. 이제 제국함 베리포텐트호에서 잘못 된 것은 아무것도 파악되지 않고 있다. 오래전에 없어지고 잊혀 진 출판형식으로 나온 위의 이야기는 인간 존 크래가르트와 빌리 버드가 각각 어떠한 태도를 지닌 인간이었는가를 입증하는 인류 의 기록에 지금까지 취해진 전부이다.

30

중요한 일은 해군에서 한동안 존중된다. 그 부대의 주목할 만한 사건과 관련된 분명한 물건은 기념비로 바뀌었다. 수병들은 망루원이 매달렸던 주 돛을 몇 년 동안 추적했다. 마침내 그것이 단지 해군공창 활대 부근으로 결론에 도달했을 때조차 그들은 배에서 해군 공창으로 다시 해군 공창에서 배로 여전히 그것을 추적하며 알려고 애썼다. 수병들에게 그에 대한 조그마한 조각은 십자가의 조각과 같은 것이었다. 비록 그들이 비극적인 은밀한 사실을 모른다고 할지라도, 그 처벌이 해군의 관점에서 어쩔 수 없이 행해진 것이라고 생각하면서도, 그에도 불구하고, 그들은 본능적으로 빌리가 의지적인 살인자일 수 없듯이 폭동을 일으킬 수 없는 사람이었다고 생각했다. 그들은 잘생긴 수병의 얼굴을 내면의 알 수 없는 사악한 변덕스러움이나 냉소에 의하여 결코 일그러질 수 없는 참신한 이미지로 생각했다. 그에 대한 이러한 인상은 의심할 바 없이 빌리는 죽었고 어느 정도 신비하게 죽었다는 사실로 구현되었다. 베리포텐트호의 포열갑판에서 그의 본성과 무의식적인 순진성에 대한 막연한 존경은 결국 다른 수병들과 마

찬가지로 꾸밈없는 시적인 기질을 타고난 당직 중인 다른 망루원
에 의해 서툴게 표현되었다. 그의 검은 손으로 몇 줄의 글을 썼
다. 이는 배의 선원들 사이에서 얼마 동안 회자(膾炙)되다 마침
내 민요로 영국 남부의 군항인 포츠머스에서 대충 인쇄되었다.
그것에 붙여진 제목은 수병들이 붙인 것이라 한다.

족쇄 찬 빌리

　외로운 이곳, 포대 사이에 들어와 무릎을 꿇은 빌리버드, 나 같은 사람을 위하여 기도해 주시는 목사님, 선하기도 하시지.—그러나 보라. 하염없는 달빛은 현창을 통해 들어와 파수병의 단도를 스치며 이 구석을 은빛으로 밝게 비추는구나! 그러나 빌리가 죽게 될 새벽에는 달빛도 사라지겠지. 내일 그들은 내가 브리스톨 볼리에게 준 귀고리같이 나를 활대 끝에 진주처럼 대롱대롱 매달겠지. 아! 그들이 매달려는 것은 선고가 아닌 내 몸통이겠지. 아, 아, 모두가 위에 있으니, 나 또한 내일 아침 일찍이 낮은 곳에서 높은 곳으로 올라가야지. 텅 빈 배엔 모든 것이 소용이 없겠지. 그들은 내가 죽기 전, 작은 비스킷 조각을 주겠지. 그래, 한 식사 친구가 내가 죽기 전 마지막 이별주를 주겠지. 그러나 밧줄걸이와 승강기를 외면하면서 누가 나를 들어 올릴지 모르지! 교수형엔 담배도 안 준다지? 그러나 모두가 가짜 아닌가? 눈이 침침해, 내가 꿈을 꾸고 있구나. 내 밧줄에 도끼인가? 모두 정처 없이 갈 것인가? 술잔을 권하는 북소리, 그 다음 빌리는 전혀 모르겠지? 그러나 도날드는 내 널판자 곁에 서 주겠다고 약속했지, 그러니

가라앉기 전 그와 다정히 악수를 해야지. 그렇지만— 안 돼! 생각해 보니 그땐 난 이미 죽어 있을 테니까. 웨일즈사람, 테프가 물에 잠겼을 때의 모습이 생각나는구나. 그의 뺨은 싹이 돋아나는 분홍빛 같았지. 그러나 그들은 나를 그물 침대에 매달아 깊은 곳에 빠뜨리겠지. 깊고 깊은 곳으로 내려가 곧 잠들어 어떻게 꿈을 꿀지. 이제 운명의 시간이구나. 보초, 있어? 손목에 이 족쇄 좀 느슨하게 해 줘. 그리고 나를 바르게 뉘어 줘! 졸리는구나. 끈적끈적한 해초가 몸을 감는구나.

허만 멜빌의 생애 연대기

1819. 8월1일 뉴욕 시에서 상인 Allan Merill과 미국 혁명의 영웅 Peter Gansevoort 장군의 딸 Maria Gansevoort 사이에 8남매 중 3째로 태어남.

1825. 뉴욕 Male High School에 입학하여 4년 修學.

1829. 뉴욕 Columbia Grammar School에 다님.

1830. 아버지의 사업실패로 Allan Melvill과 가족이 Albany로 이사. 1830년 10월부터 1831년 10월까지 Albany Academy에 다님.

1832. Allan Melvill이 빚으로 1월에 죽음. Albany에 있는 New York States 은행에서 사무원으로 근무.

1834. Massachusetts, Pittsfield 근교에 아저씨 Thomas 농장에서 한동안 일함.

1835. Albany에서 책방점원으로 일하기도 하고 형의 모피상 점원으로 일하며 Albany Classical School에 다님.

1836. 9월에 Albany Academy로 돌아가 다음해 3월까지 修學.

1837. 형의 사업이 실패하여 Pittsfield 가까이 있는 한 지방

학교에서 학생들을 가르침.

1838. Albany 근처 Lansingburgh로 가족과 함께 이사. Lansing
       -burgh Academy에서 측량학과 공학을 공부.

1839. *Democratic Press and Lansingburgh Advertiser*에 가명
       으로 "Fragments from on Writing Desk" 기고. New
       York에서 Liverpool로 항해하여 Liverpool에서 5주의 시
       간을 보내고 St. Lawrence 商船의 승무원으로 승선하여
       돌아옴. New York Greenbush에 있는 학교에서 가르침.

1840. Illinois, Galena로 하계 방문, 가을에 New York City로
       돌아 옴. 일자리를 구했으나 실패함.

1841. 1841년 1월 3일 New Bedford에서 South Seas로 향하
       는 포경선 Acushnet호 처음 승선하여 출항.

1842. 포경선에서 18개월 보낸 후 Marquesus에 Nuku Hiva에
       서 Richard Tobias Greene와 함께 도망함, Taipi 계곡에
       서 1개월을 보낸 후 Australia 포경선 Lucy Ann으로
       항해함. Tahiti에서 다른 사람들과 함께 반란자로서 육
       지에 하선. 10월에 도망함. Tahiti와 Eimeo를 탐사하고
       감자 농사를 함. 11월에 Nantucket 포경선 Charles and
       Henry호에 승선 항해.

1843. 5월 하와이 섬 Lahaina에 하선. Honolulu에서 여러 잡
       일 함. 미 해군에 입대. 8월에 구축함 승선.

1844. 약 4년 동안 외지에서 근무 후에 10월에 Boston에 도착.
       5월에 제대하여 Lansingburgh로 돌아감.

1845.   Marquesas에서 모험에 근거를 둔 책 집필. 미국 출판업
       자에게 출판 거부당함. London에서 John Murray가 출
       판함.

1846.   *Narrative of a four Month's Residence among the
       Natives of a Valley of the Marquesas Ishlands*가 2월
       London에서 출판. 다음 달 *Typee: A Peep at Polynesian
       Life* 라는 題下로 New York에서 출판됨.

1847.   3월 하순 London에서 *Omoo: A Narrative of Adventures
       in the South Seas*가 발간됨. New York에서 친구 Evert
       A. Duyckinck가 편집하는 Literary World에 글을 씀. 그
       리고 *Yankee Doodle*에 풍자적 글을 기고함. 8월 4일
       Massachusetts 대법원의 대법원장 Lemuel Shaw의 딸
       Elizabeth Shaw와 결혼. New England 북부와 Canada에
       서 신혼 후 New York에 정착함.

1849.   2월에 아들 Malcolm 태어남. 3월 London에서 *Mardi* 발
       간하고 다음 달 New York에서 출판함. New York에서
       11월과 London에서 9월에 *Redburn: His First Voage*를
       출판. 10월에 (출판업자를 만나기 위해서) 런던과 대륙
       여행을 떠남. 다음 해 2월에 미국으로 돌아 옴.

1850.   1월 런던에서 *White-Jacket: Or, The World in a Man-
       Of-War* 출판. 3월에는 뉴욕에서 출판. 포경선에 대한
       경험을 바탕으로 집필 시작. 8월 5일 Pittsfield 근처에서
       산책 시에 Nathaniel Hawthorne 만나 친교를 맺음.

*Literary World*에 "Hawthorne and Mosses" 출판. 9월 Pittsfield 가까운 곳에 농장 구입. 가족과 함께 그곳으로 이주.

1851. Berkshires에 살고 있는 Hawthorne과 친교를 유지하며 *Moby-Dick*의 집필에 열중. 7월 완성함. 10월 런던에서 *The Whale*이라는 題下에 발간. 11월 뉴욕에서 *Moby Dick or, The Whale*로 발간. 둘째 아들 Stanwix 태어남.

1852. *Pierre or The Ambiguities* 8월 뉴욕에서 발간. 11월 런던에서 발간. 12월 Concord에 Hawthorne 방문.

1853. 5월 딸 Elizabeth 출생. 멜빌의 가족과 친구들이 그의 건강에 대하여 걱정함. 그의 처갓집 가족들이 멜빌과 그녀의 삶에 대하여 걱정함. *Putnam's magazine and Harper's New Monthly Magazine*에 설화와 단편 쓰기 시작.

1855. 3월 둘째 딸 Frances 태어남. *Israel Porter: His Fifty Years of Exile* 3월 초 뉴욕에서 발간(*Putnam's*에서 이전에 연재되었음).

1856. Putnam's의 단편들 중에서 5작품으로 구성된 *The Piazza Tales*과 새로 쓴 주제의 단편이 5월 뉴욕에서 발간. 10월에 건강증진을 위한 항해를 위해 Glasgow로 항해함. Liverpool에서 Hawthorne 만남. 그때 그리스와 이태리 성지여행. 다음 해 5월 뉴욕으로 되돌아 옴.

1857. *The Confidence-man: His Masquerade* 3월 뉴욕과 4

월 런던에서 출판. 3번의 정기 강연 중 첫 번째 강연 여행. "Statues in Rome", "The South Sea", "Travelling"이 연속 주제임.

1860. 2월에 그의 마지막 강연 실시. 5월 뉴욕에서 Cape Hope을 돌아 샌프란시스코로 향하는 쾌속선에 그의 형인 Thomas 선장의 손님으로서 승선하여 파나마를 경유하여 11월 뉴욕에 도착.

1861. 영사직을 구하기 위하여 워싱턴에 여행. 장인 Lemuel Shaw 죽음.

1863. 10월 영구히 Pittsfield 떠나 뉴욕의 East 26가 104번지 집으로 이사.

1864. 버지니아 전선에 있는 육군 대령인 아저씨 Henry Gansevoort 방문.

1866. 몇 편의 남북 전쟁 詩를 *Harpe's*에 발간. *Battle-pieces and Aspects of the War*의 시모음집을 8월에 발간함. 뉴욕 항에 세관원 임명됨.

1867. 아들 Malcolm이 총기사고로 부상으로 사망.

1872. 그의 어머니 81세로 죽음.

1876. 책 길이의 *Clarel: A Poem and Pilgrimage in Holy Land*이 6월 초에 그의 아저씨의 비용으로 출판함.

1878. 그의 부인이 그녀의 아주머니로부터 재산 상속.

1885. 세관 검사원 사직.

1886. 아들 Stanwix 오랜 질병 후에 샌프란시스코에서 죽음.

1888.   마지막 항해로 2월에 버뮤다 항해. *John Marr and Other Sailors with Some Sea Pieces*을 편집하여 25권을 사비로 출판

1891.   *Timoleon and Other Adventures in Minor Verse* 私費로 5월에 25권을 출판. 사후에 출간된 *Billy Budd, Sailor*의 개정작업을 계속함. 2년간의 건강 약화로 9월 28일 죽음. "한대 인기 있었던 작가 죽음"이라는 제하에 New York 신문의 부고에는 심지어 그의 당대인들도 그를 오래전에 죽은 사람이라고 생각할 만큼 만년에는 침묵을 지켰다고 전함.

멜빌의 『빌리버드』에 나타난 문학세계

미국작가인 허만 멜빌(Herman Melville, 1819~1891)은 19세기 뿐만 아니라 오늘날의 작가에 이르기까지 그들로부터 다양한 평가를 받고 있다. 이는 그가 자신의 풍부한 경험과 상상력을 바탕으로 작품에서 다양한 세계를 그려내고 있기 때문이다. 이로 말미암아 그는 19세기의 최고의 기교가라는 찬사를 받는가 하면 작품은 베토벤이나 바그너의 교향곡에 비유되기도 한다. 생애의 대부분을 바다에서 보낸 그는 바다가 자신의 삶의 진수라도 되는양 바다를 삶에 비유하며 사회와 인간의 내면세계를 묘사하고 있다. 그 결과 그는 정신적, 심리적인 문제에 있어서는 구스타프 칼 융(Gustav Karl Jung)이나 지그문트 프로이트(Jigmunt Freud)에 앞서 이를 탐구하여 구체적으로 작품화한 작가로 그러한 세계에 대한 에베레스트 산맥의 탐험가에 비유되기도 한다. 나아가 그의 미래에 대한 통찰력은 오늘에 이르기까지 적확하여 그는 예언적 작가라는 평도 받고 있다.

그에 대한 이러한 높은 평가에도 불구하고 그의 작품은 여전히 논란의 대상이 되고 있음을 부인할 수 없다. 이는 그의 작품이 서구사회에 대하여 비판적인 시각을 보임으로써 독자로부터 외면을 받고 있는 원인일 수 있으며 다른 한편으로는 작품이 심리적인 세계를 묘사함으로써 내용이 난삽하여 외면을 받고 있는 점도 부인할 수 없다. 그의 대표작『백경』(Moby Dick)의 경우도 외형상으로는 에이햅(Ahab) 선장과 고래와의 싸움에 불과하다. 하지만 깊이 보면 작품은 당시 서구문명사회, 특히 미국사회에 대한 자신의 갈등심리를 다양한 세계와 결부시킴으로써 신비한 인물이나 세계의 등장과 함께 혼돈스러움을 던져 주고 있다. 그 후에 나온 자신의 정신적 자서전으로 볼 수 있는『피에르』(Pierre)도 서구사회에서의 자신의 삶과 인간의 내면세계에 대한 심리상태를 펼침으로써 제처럼 작품은 난해하고 모호한 양상을 띤다. 그의 다른 작품인 칸휘던스맨(Confidence-Man)은 읽히기 위해서 쓴 작품이 아니라 역설적으로 작가의 의도를 감추기 위하여 쓴 작품이라는 혹평을 받을 만큼 난해한 것도 사실이다.

이처럼 사회에서 냉대를 받은 멜빌이『모비딕』이후 오랜 침묵을 깨고 생애의 마지막으로 남긴 작품이『빌리버드』(Billy Budd)이다.『빌리버드』는 과거 서구사회에 비판적인 시각을 보인 그가 말년에 이르러서는 어떠한 관점을 보이고 있을까 하는 점에서 세인의 관심을 끌고 있다. 다른 편으로는 이 작품은 그의 문학관을 가늠해 볼 수 있는 시금석으로 간주할 만큼 그의 문학성이 짙게 녹아 있는 의미 깊은 작품이다.

작품이 처음 출간된 해는 그가 죽은 후 수정과 교정을 거친 후인 1924년이다. 그러나 실제 완본으로 출간된 해는 1962년에 이르러서이다. 초기작에서부터 시작하여 『모비딕』에 이르기까지 바다와 육지를 배회하며 자연과 인간, 현실과 이상 등을 바탕으로 서구사회에 대하여 비판적인 시각을 보인 멜빌은 『빌리버드』에서는 말로 형용하기 어려운 인간심리의 악의 문제를 드러내고 있다. 『모비딕』에서 에이햅 선장은 파악할 수 없는 불가사의한 고래 때문에 고통을 겪었고, 『피에르』의 주인공은 현실의 불만으로 끝없는 이상추구의 과정 속에서 좌절하였다. 그러나 『빌리버드』에서는 순수성을 상징하는 주인공이 자신의 능력으로는 파악할 수 없는 악에 연루되어 고통을 겪는다.

『빌리버드』는 교묘한 악이 팽배하는 서구문명사회를 함대라는 공간에 비유하며 순수성과 악, 자연법과 실정법 사이에서 벌어지는 갈등의 문제를 다룬 이야기이다. 따라서 이러한 세계를 대신하는 인물은 대조적인 관점에서 묘사되고 있다. 다시 말해서 『빌리버드』는 아담적 인물인 빌리버드(Billy Budd)와 선임하사인 크래가르트(Claggart)와의 갈등 속에서 어려움을 겪고 있는 비어(Vere) 선장의 심리를 드러내고 있다. 내면독백의 형식으로 전개하고 있는 작품에서 선장의 갈등은 바로 작가 자신의 고통이기도 하다.

『빌리버드』에 대해 평자들이 보여주는 관점은 하나는 『빌리버드』는 멜빌의 서구사회에 대한 수용의 유언장(Testament of Acceptance), 즉 과거의 회의와 도전 속에서 나온 '거부의 문학'과는 달리 '수용의 문학'이라는 점이다. 다른 관점은 현 사회에 대한 야수성과 비인간성에 대한 논평이라는 점이다. 따라서 본서는 상반된 견해 속에서 『빌리버드』에 나타난 멜빌의 문학세계에 대한 관점을 텍스트를 통해서 밝히고자 하는 데 의의가 있다고 볼 수 있다.

기교가로서 명성을 얻은 멜빌은 그에 걸맞게 다양한 기교로 작품의 의미를 깊고 풍부하게 하고 있다. 특히 자전적인 요소가 짙은 작품에서 등장인물에 대한 묘사가 그러하다. 따라서 작품에서의 등장인물들의 파악은 그의 작품을 이해하는 중요한 단서가 된다.

작품에서는 사회에 대한 애증의 감정이 뚜렷한 인물들이 나타나는데 이러한 양상은 『빌리버드』도 예외가 아니다. 두 세계를 대표하는 인물은 작가 자신의 이상적 자아로 아담적 인물이거나 이에 상반되는 인물이다.

『빌리버드』의 첫머리에 등장하는 멋진 수병은 이상화된 빌리버드라는 주인공이다. 그는 옛날 증기선이 등장하기 전 시대에 육지에서 흰 제복을 입은 멋진 수병으로 주변의 다른 수병들로부터 찬사와 존경을 받는다. 그는 신체적 특징만이 아니라 도덕적으로도 수병들의 흠모의 대상이 되고 있다. 그는 자연스러운 얼굴에 여성다움을 지니고 있고 항해 시에 돛에 오른 그의 모습은 마치 준마를 탄 젊은 알렉산더(Alexsander)대왕처럼 보이기도 하고 귀족적인 풍모와 함께 힘센 모습은 헤르쿨레스(Hercules)장사처럼 보이기도 한다. 이야기가 진행되면서 그는 점점 신화에 등장하는 신적인 존재로 묘사된다.

주인공은 남성의 신체적 조건에 여성다움을 간직한 양성을 지닌 인물이다. 양성을 지닌 존재와 관련해서 멜빌은 『모비딕』에서 신적 존재이자 불가사의한 환상인 백경을 양성으로 묘사하고 있다. 멜빌이 빌리버드를 양성으로 그리고 있는 이유 또한 그를 백경과 같은 맥락에서 그려내려는 의도에서 나왔다고 볼 수 있다. 그가 그러한 존재로 묘사되고 있는 점은 사랑의 신(Love)이나 은총의 신(Graces)의 사랑을 받는 모성애를 느끼게 하는 이미지와 관련되어 그려지고 있는 점을 통해서도 나타난다. 그는 비록 인간사회에 존재하지만 평범치 않은 인물로 등장하고 있음을 알 수 있다.

그의 결함은 옥에 티처럼 신체적인 면에서는 완벽하지만 정신적인 면에서는 읽고 쓸 줄을 모르는 문맹인이자 순수한 자연적인 인물로 나타나는 점이다. 그는 사탄(Satan)이 아담 동산에 들기 전 아담처럼 죄의식이 전혀 없고 문명의 때가 묻지 않은 순수한 인물이다. 그는 도덕적으로 건강하지만 지나치게 순진하여 악에 무방비하게 노출된다는 점과 말을 더듬는 점이다. 그는 인간사회에 어울리는 인물이라기보다 자연과 조화를 이루는 존재이다. 그는 순수한 혈통의 개나 왕족 혹은 성직자, 아폴로 신, 히페리온 따위와 관련되며 충직과 신성의 화신으로 드러난다. 그의 순수성과 자연성은 부드러우면서 새로운 생명의 탄생을 의미하는 빌리버드라는 이름을 통해서도 드러난다.

그와 대조를 이루는 인물은 선임하사인 클래개르트이다. 그는 신체적으로나 정신적인 면에서 빌리와 전혀 다르다. 그는 온화하면서도 희망을 주는 듯 빌리버드와는 달리 이름이 클래개르트이다. 클래크(clack), 클랭(clang), 크래쉬(clash), 클래쉬(crash), 개르트(garrote) 등처럼 부닥치다, 충돌하다, 쨍그랑거리다, 목을 졸라 교살시키다 등의 단어가 암시하듯 부딪치고 마찰을 빚으며 사람을 질식시키는 듯한 이미지를 풍기고 있다.

두 인물의 대조성은 외형에서도 드러난다. 클래개르트의 외형은 마르고 힘든 일에는 어울리지 않는 손을 지니고 있으며 두뇌는 보통 이상의 지능을 지닌 인물이다. 눈은 표독하여 전기메기처럼 상대방을 꼼짝 못 하게 쏘아 보는 섬뜩하고 안색은 창백하다. 클래개르트와 빌리는 인간존재라는 점에서는 같지만 모든 면에서 현격한 차이가 있다.

그는 마치 모든 악을 상징하는 어떠한 인물보다 교묘하고 사악한 인물로 그려지고 있음을 알 수 있다.

대조적인 두 인물 사이에서 고민하는 존재는 함대를 책임 맡은 스타리비어 선장이다. 그의 행위와 견해는 멜빌 자신의 태도나 관점을 파악해 볼 수 있는 실마리를 제공하고 있다. 선장은 『모비딕』에서 작가를 대신하여 전체적인 이야기를 전달하기도 하고, 때로는 포경선의 일원으로 고래잡이에 참여하는 이스마엘(Ishmael)과 비슷한 인물이다. 『모비딕』에서 이스마엘이 에이햅 선장과 고래 사이의 틈에서 고통을 겪듯 비어 선장은 『빌리버드』에서 빌리버드와 클래개르트 사이에서 갈등을 겪고 있다. 멜빌의 작품의 특징은 갈등이 끝없이 지속되다 그 해결의 출구로서 인물들이 죽음을 맞는 점이다. 『빌리버드』 또한 그러한 양상을 띤다.

클래개르트와 빌리버드 사이의 죽음은 클래개르트의 빌리에 대

한 음모로부터 싹이 튼다. 선임하사의 빌리에 대한 치밀한 음모
는 너무 교묘하여 순진한 빌리에게는 파악할 수 없는 불가사의
로 나타난다. 다시 말해서 선임하사의 질투와 간교함은 "Natural
Depravity"(*BB* 29)라는 악으로 성서의 표현을 빌려 "악의 신비
(mystery of iniquity)"(*BB* 30)로 규정하고 있다. 그러한 악의 특
징은 전체 인류에 해당되는 것이 아니라 특정인에 해당되는 것으
로 교육을 잘못 받았거나 부도덕한 생활로 인하여 생겨나는 것이
아니다. 이는 선천적이라는 점에서 구제가 불능한 악이다. 빌리버
드가 선임하사의 교묘한 심리적인 악으로 고통을 겪는 것은 『모
비딕』에서 에이햅이 고래의 불가사의로 고통을 겪는 것과 같은
맥락에서 그려지고 있음을 알 수 있다.

　에이햅 선장을 통해서 서구인의 죄악은 교만, 의지, 냉혈성, 고
립, 비인도주의 등으로 나타났다. 하지만 『빌리버드』에서 인간의
가장 큰 악은 질투이다. 『모비딕』에서 나오는 교만이나 의지, 냉
혈성 등은 죄의 측면에서 다른 사람에게 크게 영향을 미치지 않
지만 질투는 드러나지 않는 은밀한 죄의 속성과 함께 상대에게
치명적인 상을 입히는 죄로 드러난다. 두 사람 사이에 질투에서
비롯된 갈등은 결국 죽음을 부른다. 빌리의 건강미와 도덕성 등
으로 그에 대한 질투심을 느낀 선임하사는 선장에게 빌리가 선상
반란의 음모를 꾸미고 있다고 보고하기에 이른다. 이로 인해 두
사람이 선장 앞에서 대질심문을 받기에 이르고 여기에서 선임하
사가 거짓말을 하자 그의 심리상태를 말로 나타낼 수 없는 주인
공 빌리는 선임하사를 주먹으로 내리치게 된다. 이로써 선임하사

는 죽음을 맞게 되고 전시와 다름없는 상황에서 저질러진 살인행위는 군법재판에 회부되어 결국 빌리 또한 사형을 선고받고 죽음에 이른다. 그러나 선장은 크래개르트의 죽음을 천사의 심판을 받은 사악한 뱀의 죽음으로 밝힘으로써 그를 사악한 인물로 규정한다. 한편 빌리버드는 비록 그가 선임하사를 살해한 실정법상의 죄인이라고 할지라도 양심으로 판단해 볼 때에 그는 무죄다. 이러한 관점에서 그려지는 빌리의 죽음은 그가 죽음을 초월하는 양상으로 나타나고 있다. 빌리버드가 사형 선고를 받고 죽기까지의 상황은 작품을 이해할 수 있는 중핵적인 부분이자 작가의 문학세계와도 깊은 관련을 이루고 있다.

빌리의 죽음에 대한 태도는 성서의 아브라함과 이삭의 관계로 나타난다. 또한 선장과 빌리가 대화를 나누는 모습은 『백경』에서 이스마엘(Ishmael)과 퀴 (Queequeg)이 영교를 나누는 장면을 연상시키고 있다. 삶에서 만남은 인간의 운명을 바꾸어 놓는 계기가 되듯 빌리가 사악한 클래개르트와의 만남을 통해서는 죽음에 이르지만 숭고한 정신세계를 상징하는 선장과의 만남을 통해서 그는 현실을 초극하며 새로운 생명을 얻는 모습을 그려지고 있다.

멜빌의 작중 인물들은 대부분 죽음을 맞지만 이 죽음은 작품 해석에 중요한 단서가 된다. 『백경』에서 서구사회를 대표하는 에이햅 선장은 승무원과 함께 비극적인 죽음으로 끝을 맺는다. 『피에르』에서 등장인물은 현실과 이상세계를 추구과정에서 허무와 환멸로 죽음을 맞았다. 『빌리버드』에서도 전작에 이어 죽음이 이어지지만 여기에서의 죽음은 그들과는 다르다. 『모비딕』, 『피에르』, 『빌리버드』의 등장인물들의 죽음은 형이상학적인 세계에 대한 불경이나 이상추구의 과정에서 빚어진 환멸이나 좌절로 인한 허무적인 죽음이었다. 하지만 빌리버드에서의 죽음은 인간사회에서의 심리적인 악에 의한 죽음으로 허무나 좌절에 의한 죽음이 아니라 현실에 바탕을 둔 사실적인 죽음이다.

사회에 대한 무지로부터 나온 빌리의 고통은 사형 선고와 함께 끝이 난다. 그는 비어 선장과의 대화를 통해 모든 것을 깨닫고 요람에서 깊은 잠을 자고 있는 어린이와 같은 모습을 보인다. 빌리의 그와 같은 모습을 본 목사는 자신이 그에게 어떠한 위안을 주거나 구제하려는 생각은 헛된 일임을 깨닫는다. 또한 빌리는 선량한 목사의 말에 귀를 기울였으나 존경심에서보다 수병들의 일상적인 기질이나 동료의 말을 받아들이는 태도에 불과하였다. 목사가 그의 앞에 있는 것은 마치 크리스마스 날 제단에 놓인 소총처럼 격에 맞지 않았을 뿐더러 그가 거기에 있는 이유는 힘으로 유지되는 목적을 간접적으로 돕는 일에 불과한 것으로 나타난다. 빌리의 순진함이 종교보다 훨씬 낫다고 판단한 목사는 빌리가 죽음의 마지막 갈림길에서조차 자신의 주장을 바꿀 리 없다고 생각하며 군법의 희생양이 된 빌리의 볼에 입을 맞춘다.

빌리의 죽음에 임하는 태도는 육신적으로는 결박되었다고 할지라도 정신적으로는 죽음을 초월하고 있다. 그의 죽음에 대한 태도는 기독교적인 관점이 아니라 힌두교나 불교적인 관점을 수용하는 모습이다. 빌리는 죽는 순간 자신의 숭고한 정신세계에 대한 믿음과 염원을 구현시키려는 듯 "God bless Captain Stary vere!"(*BB* 70)라는 말을 외친다. 순간 그의 외침은 갑판에 도열한 모든 수병을 감동시키는 효과와 함께 교수대에 매달려 있던 빌리는 나뭇가지를 떠나는 새의 모습으로 나타난다. 더욱이 검은색으로 채색된 형틀이 마련된 포대 주변에서는 빌리가 죽는 순간 동쪽에 낮게 걸린 구름으로부터 증기와 같은 것이 어린양(Lamb of God)의 깃털처럼 밝게 솟아 나왔고 그는 위로 올라가며 아침 햇살을 흠뻑 받는 모습을 드러내며 죽음에 상징적 의미를 부여하고 있다.

이는 빌리가 창공을 나는 새나 어린 양으로 비유되며 그가 어두운 현실의 질곡을 벗어나 자유의 세계로 향하는 이미지와 함께 부활을 상징하는 희망적인 의미를 던져 주고 있다. 형틀이 마련된 갑판의 검정색과는 달리 그가 죽을 무렵 주변에 감도는 흰색 또한 상징적 의미를 주기 위해서 드러낸 색채이다. 여기에서의 흰색 역시 『모비딕』에서 불가사의한 고래를 묘사하는 흰색과 같은 관점에서 파악해 볼 수 있는 색이다. 다시 말해서 흰색은 초월세계를 상징하는 색이다.

『모비딕』에서 이스마엘은 에이햅과 흰 고래 사이에서 고통을 겪지만 『빌리버드』에서 작가를 대신하는 선장은 빌리와 클래개르트 사이에서 고통을 겪는 공통점을 지니고 있다. 따라서 『빌리버드』도 『모비딕』과 같은 구도로 전개되고 있음을 알 수 있다. 『모비딕』에서 이스마엘이 초월적 존재인 퀴 과의 결합을 통해서 살아났듯이 빌리도 초월적인 세계에 의해서 죽음을 초월하고 있음을 알 수 있다. 빌리버드가 죽는 장면은 비록 기독교의 의식으로 행해지며 그가 현실 수용적 태도를 보이지만 그가 죽음에 임하는 태도나 죽는 모습이나 죽은 후의 모습은 서구기독교 문명사회를 거부하고 있음이 뚜렷하다.

멜빌은 선과 악을 상징하는 인물을 통하여 인간사회는 선과 악이 공존하고 이로 인해 인간이 악에 필연적으로 파멸될 수밖에 없다고 할지라도 진리와 순수성을 간직한 선의 세계는 영원하다는 문학관을 제시하고 있다. 결국 멜빌은 『빌리버드』에서도 그가 초기작에서부터 추구해 온 서구사회를 수용하는 것이 아니라 거부의사를 더욱 사실적으로 깊이 그려내고 있음을 알 수 있다. 따라서 『빌리버드』는 현 사회의 비인간성과 야수성을 그대로 드러내고 있다는 점에서 전작과의 연장선상에서 파악해 볼 수 있는 작품이다. 『빌리버드』는 일부 평자들의 주장처럼 서구사회에 대한 '수용의 유언장'이 아니라 서구기독교 사회에 대한 모순과 인간의 심리적 악에 대하여 깊이 탐색한 멜빌의 마지막 진리탐구의 선언서이다.

· 저자 ·

황문수 **· 약 력 ·**

청주대학교 영어영문학과 졸업(학사)
청주대학교 대학원 영어영문학과 졸업(석사)
청주대학교 대학원 영어영문학과 졸업(박사)

충청대학 영어통역과 교수

· 주요논저 ·

「『모비딕』에 나타난 초월주의와 그 특징」
『Master English』
외 다수

'수병 빌리버드, 평전'

· 초판 인쇄	2007년 11월 30일
· 초판 발행	2007년 11월 30일
· 지 은 이	황문수
· 펴 낸 이	채종준
· 펴 낸 곳	한국학술정보㈜
	경기도 파주시 교하읍 문발리 513-5
	파주출판문화정보산업단지
	전화 031) 908-3181(대표) · 팩스 031) 908-3189
	홈페이지 http://www.kstudy.com
	e-mail(출판사업부) publish@kstudy.com
· 등 록	제일산-115호(2000. 6. 19)
· 가 격	20,000원

ISBN 978-89-534-7843-5 93840 (Paper Book)
       978-89-534-7844-2 98840 (e-Book)